U0522799

酒神颂歌

〔德〕弗里德里希·尼采 著

孙周兴 编译

Friedrich Nietzsche

Dionysos-Dithyramben

Sämtliche Werke, Kritische Studienausgabe in 15 Bänden

KSA 4: Also sprach Zarathustra

KSA 6: Der Fall Wagner u.a.

KSA 13: Nachgelassene Fragmente 1887−1889

Herausgegeben von Giorgio Colli und Mazzino Montinari

2. durchgesehene Auflage 1988

©Walter de Gruyter GmbH & Co. KG, Berlin · New York

本书根据科利/蒙提那里考订研究版《尼采著作全集》（KSA）第4卷、第6卷和第13卷相关文本译出。

目录

编译前言 /1

第一编　狄奥尼索斯—酒神颂歌 /1

只是傻子！只是诗人！ /3
在荒漠女儿们中间 /9
最后的意志 /19
在猛禽之间 /21
火的信号 /27
太阳西沉了 /29
阿里阿德涅的哀怨 /33
荣耀与永恒 /39
最富有者的贫困 /45

第二编　狄奥尼索斯—酒神颂歌残篇 /51

狄奥尼索斯—酒神颂歌残篇 /53

第三编　尼采—酒神颂歌选辑　　　　　　　　/ 95

　　夜歌　　　　　　　　　　　　　　　　　　/ 97

　　舞曲　　　　　　　　　　　　　　　　　　/ 100

　　违愿的幸福　　　　　　　　　　　　　　　/ 104

　　日出之前　　　　　　　　　　　　　　　　/ 109

　　返乡　　　　　　　　　　　　　　　　　　/ 114

　　重力的精神　　　　　　　　　　　　　　　/ 120

　　大渴望　　　　　　　　　　　　　　　　　/ 126

　　另一支舞曲　　　　　　　　　　　　　　　/ 130

　　七个印记（或：肯定和阿门之歌）　　　　　/ 136

　　正午　　　　　　　　　　　　　　　　　　/ 143

　　梦游者之歌　　　　　　　　　　　　　　　/ 148

附　　录　酒神是何方神圣，何种势力？　　　　/ 161

编译后记　关于尼采的《酒神颂歌》　　　　　　/ 183

编译前言

2019年7月29日在酒乡贵州,在一次尼采哲学会议的闭幕酒会上,我脱口而出:酒是自然人类的最后寄托。纯属酒中随意之言,但朋友们听了都作兴奋状。当时我没喝高,我为什么要这么说呢?是不是太过分了?

酒是什么?众说纷纭。我想主要讲三项,就三句话:

酒是自然人类的生活传统。世界上的古老民族都不约而同地发明了酒,这是偶然的吗?自然人类生活需要酒,用于聚会,用于节庆,用于欢宴;也用于忘却,用于否定,用于抵抗。自然人类要是没有了酒,如何沉醉?如何重启?何以此在?

酒是自然人类的艺术神话。酒总是与音乐歌舞相伴。听音乐观歌舞时我们才说陶醉。酒具有形而上学性,而且是一种艺术神话。我们借酒抒情,我们借酒浇愁,我们在酒中创造。自然人类要是没有了酒,如何狂欢?如何献祭?何以通神?

酒是自然人类的底限存在。我们今天已经进入自然人类向技术人类的过渡之中。我们身上的自然性越来越下降,而技术性越来越加强。但机器人不喝酒，可以说酒是AI难以触及的自然人类最后的底限，是自然人类最后的寄托。只要有酒，就还有自然留存。

于是我决定，编译这本《酒神颂歌》，致敬尼采，献给酒神——不只是狄奥尼索斯，还有杜康，以及苦中作乐的饮酒的神人们。

孙周兴

2019年7月30日记于贵阳花溪

第一编
狄奥尼索斯—酒神颂歌[1]

Dionysos-Dithyramben

1 尼采:《狄奥尼索斯—酒神颂歌》(Dionysos-Dithyramben),科利版《尼采著作全集》第6卷,第375—411页。——编译注

只是傻子!只是诗人![1]

在清澈的空气中,
当露珠的安慰
降临于大地,
不可见,也无可闻
——因为这安慰者的露珠,如同所有
乐善好施者,穿着轻柔的鞋子——
于是你想起,你想起,热烈的心呵,
你曾多么渴望,
天国的泪水和露珠
你焦灼而疲惫地渴望,
那时在枯黄的草地小路上
黄昏的阳光邪恶地
穿越你周遭的黑树林,
那刺目的太阳的灼热目光,幸灾乐祸的。

---

[1] 参看《查拉图斯特拉如是说》第四部,"忧郁之歌",以及相关编注。——编注

"真理的追求者吗?——你?"他们如此讥讽

不!只是一个诗人!

一只动物,一只狡黠、劫掠、潜行的动物,

它必须说谎,

必须自觉地、蓄意地说谎,

渴求于猎物,

打扮得五彩缤纷,

自身就是面具,

自身就成了猎物

这个——是真理的追求者吗?……

只是傻子!只是诗人!

只讲花哨胡话,

以傻子面具胡乱叫喊,

在骗人的言辞之桥上踅来踅去,

在谎言的彩虹上,

在虚伪的天空

四处漫游、飘荡——

只是傻子!只是诗人!……

这个——是真理的追求者吗?……

不安,僵固,圆滑,冷酷,

变成了雕像,

变成了上帝的石柱,

而不是矗立于庙宇面前的,

上帝的门卫:

不!仇视这类德性之立式雕像,

在任何荒野中比在庙宇前更习熟,

满怀猫的恶意,

穿过每一扇窗户

快啊!跃入每一种偶然,

窥探每一片原始森林,

在原始森林里

在斑驳的野兽中间

你有南国的健康,绚丽地奔跑,

带着贪婪之唇,

快乐而讥讽,快乐而剧烈,快乐而嗜血,

劫掠、潜行、欺骗着奔跑——

抑或就像那兀鹰,久久地,

久久地凝视着深谷,

它自己的深谷……

——呵,正如它的深谷在此向下,

往下,往里,

盘旋于越来越深的深渊!——

然后,

突然，
直线地
疾速飞行
冲向羔羊，
突兀往下，贪婪地，
渴望着羔羊，
怨恨一切羔羊灵魂，
愤恨于一切看起来
绵羊般的、有着羔羊眼睛的、鬈毛的，
蠢笨的，带着羔羊和绵羊般的善意……

就这样
如鹰如豹一般
是诗人的渴望，
是你千百种面具下的渴望，
你这傻子！你这诗人！……

你观看人类
于是上帝成了绵羊——，
撕毁人类中的上帝
犹如人类中的绵羊
而且撕毁之际大笑——

这，这就是你的福乐，

豹和鹰的福乐，

诗人和傻子的福乐！……

在清澈的空气中，

当新月的镰刀

青绿夹着紫红

而且嫉妒地潜行，

——仇视白昼，

每一步都隐秘地

用镰刀割向

玫瑰花吊床，直到它们沉落，

苍白地沉没于黑夜中：

我自己也曾这样沉落，

从自己的真理幻想中，

从自己的白昼渴望中，

厌倦于白昼，染病于光明，

——向下沉落，向黄昏，向阴影，

为一种真理

所烧焦，干渴地

——你还想起，你还想起，热烈的心呵，

当时你多么干渴？——

我被放逐了

被一切真理放逐了!
只是傻子!只是诗人!……

在荒漠女儿们中间[1]

一

"别走开啊!"那个自称为查拉图斯特拉之影子的漫游者说道,"留在我们这儿吧,——要不然,那古老而阴沉的悲伤又要侵袭我们了。

老魔术师已经给了我们他所有的东西,从最坏的到最好的,而且看哪,这位善良而虔诚的教皇眼含泪水,他又完全驶入忧郁的海洋中了。

这两位国王可能还想在我们面前装出一副好表情;但倘若他们没有证人,那么,我敢打赌,甚至在他们那儿又会开始那种凶恶的游戏,

——那浮动的云朵、潮湿的忧郁、阴翳的天空、偷走的太阳、怒吼的秋风,凡此种种的凶恶游戏,

——我们的怒吼号叫和苦难呼声的凶恶游戏:留在我们这儿

---

[1] 参看《查拉图斯特拉如是说》第四部同名章节,以及相关编注。——编注

吧，查拉图斯特拉呵！这里有许多隐蔽的困苦想要说话，有许多夜晚，有许多云朵，有许多发霉的空气！

你用坚强的男性食品和有力的箴言来供养我们：别让柔弱的女性精神重又侵袭我们，成为正餐后的甜食！

唯有你能使你周围的空气变得浓烈而清新！除了在你的洞穴这里，我可曾在世上找到过这么好的空气吗？

我倒是见识过许多地方，我的鼻子学会了检测和品评各种空气；但在你这儿，我的鼻孔才尝到了最大的快乐！

除非，——除非——，呵，原谅我的一点老旧记忆吧！原谅我的一支老旧的甜食之歌，那是我在荒漠女儿们中间创作的。

因为她们那里有同样美好而清澈的东方的空气；在那里，我离昏暗、潮湿、忧郁的古老欧洲最遥远！

那时候，我爱这样的东方少女，以及另一种蔚蓝的天国，上面没有任何云朵和任何思想悬垂。

你们不会相信，她们不跳舞时是多么乖巧地端坐在那里，深沉但没有思想，有如小小的奥秘，有如饰有带子的谜团，有如甜食中的坚果——

真是缤纷而奇异啊！但没有云朵：那是让人猜解的谜团：为表达我对这种少女的爱，我当时编了一首甜食之诗。"

这个自称为查拉图斯特拉之影子的漫游者如是说；而且还没有人来得及回答他，他就已经夺走了老魔术师的竖琴，叉着腿，冷静而聪明地环顾四周：——鼻子却缓缓地、试探性地吸纳空气，宛若一个在新地方品尝新鲜空气的人。终于他以一种吼叫的方式开始歌唱了。

二

荒漠在生长：苦啊，怀藏荒漠者……

三

哈！
庄重！
一个庄严的开端！
非洲式的庄重！
与一头雄狮相称
抑或一只道德的吼猴……
——但与你们毫不相干，
你们，最亲爱的女友们呵，
我，一个欧洲人，
被恩准坐到，
你们的脚边，
在棕榈树下。细拉。[1]

---

[1] 细拉（Sela）：多次出现于《旧约·诗篇》节尾，表示停唱。——译注

真正奇妙啊!

眼下我坐在这里,

临近荒漠,但又

如此远离荒漠,

甚至毫无荒芜迹象:

因为我已经被

这最小的绿洲吞没

——它正打着呵欠

张开它那可爱的小嘴。

芳香至极的小嘴:

我于是掉了进去,

掉落、掉入——你们中间,

你们,最亲爱的女友们呵!细拉。

祝福,祝福那鲸鱼,

倘若它让自己的客人

如此适意!——你们可懂得

我这深奥的暗示吗?[1]……

祝福它的腹部,

如果它

有一个如此可爱的绿洲之腹,

---

[1] 暗示把先知约拿吞入腹中的鲸鱼,参看《旧约·约拿书》,第2章第1行。——译注

就像这个:我却怀疑于此。
因为我来自欧洲,
欧洲比所有糟糠之妻都更疑心重重。
但愿上帝将之改善!
阿门!

眼下我坐在这里,
在这最小的绿洲里,
有如一颗海枣,
棕色、甜蜜、流金,
渴望着一个少女的樱唇,
而更渴望少女那
冰凉、雪白、犀利的
皓齿:因为那正是
所有热海枣的心所热望的。细拉。

与那些南方的果实
相像,十分相像
我躺在这儿,小小的
飞虫们
在四周跳动和嬉戏,
同样也有更细小的
更愚蠢和更恶毒的

愿望和幻想,——

为你们所包围,

你们这些静默的、预感的

少女之猫

嘟嘟和苏莱卡[1]

——为斯芬克斯所包围,使我能把诸多情感

塞进同一个词中

(——上帝,原谅我

这语言的罪过吧!……)[2]

——我坐在这里,饮吸最佳的空气,

真正天堂般的空气,

晶莹轻柔的空气,发出缕缕金光,

如此美妙的空气只能

自月亮落下,

难道这出于偶然

抑或由于傲慢而发生?

正如古代诗人们描述的那样。

但我这个怀疑者对此深表怀疑,

只因为我

---

[1] 嘟嘟(Dudu):似为尼采所生造的女性名字,也有可能指维吉尔诗作《埃涅阿斯之歌》中描写的迦太基女王狄多(Dido);苏莱卡(Suleika):波斯语,意为"迷人的女子",诗人歌德曾以之命名他的一个恋人。——译注

[2] 尼采在此生造了"umsphinxt"(为斯芬克斯所包围)一词,故有此说。——译注

来自欧洲,
欧洲比所有糟糠之妻都更疑心重重。
但愿上帝将之改善!
阿门。

呼吸着这最美好的空气,
鼻孔鼓胀有如酒杯,
没有未来,没有回忆,
我就这样坐在这里,你们
最亲爱的女友们呵,
看看那棕榈树,
看它怎样低眉依依,腰肢轻摆,
有如一个舞女,
——若有人长久注视,也会随之起舞……
有如一个舞女,在我看来,
已经太久了,危险地
永远,永远只以一条腿站立?
——我觉得,它是不是忘掉了
另一条腿?
至少徒劳地
我寻找过那丢失了的
孪生珍宝
——就是那另一条腿——

第一编　狄奥尼索斯—酒神颂歌

在你们那最亲爱的、最妖媚的
扇形褶裙的
神圣近处。
是的，你们，美丽的女友们，
如若你们愿意完全相信我，
它已经失去了另一条腿……
啊！啊！啊！啊！啊！
完了！
永远完了！
那另一条腿！
呵，那可爱的另一条腿，可怜啊！
哪里——它可能待在哪里孤独哀伤？
这条独腿？
也许在恐惧中，惧怕一只
狂怒的、金毛卷曲的
猛狮？或者已经
被啃光咬烂了——
可怜，不幸啊！不幸！被啃掉了！细拉。

呵，柔软的心灵！
你们可别哭泣！
你们这些海枣之心！乳汁之胸！
可别哭泣！

你们这些甘草之心!

做一个男子汉,苏莱卡!要勇敢!勇敢!

再也别哭了,

苍白的嘟嘟!

——或者,也许这里适合于

某种强化的东西,

某种强心之物?

一句涂上了圣油的箴言?

一个庄严的鼓励和赞许?……

哈!

起来,尊严!

鼓吹复鼓吹,

那德性的风箱!

哈!

再一次吼叫吧,

道德般的吼叫,

作为道德的雄狮在荒漠女儿们面前吼叫!

——因为德性的吼叫,

你们最亲爱的少女们,

甚于一切

欧洲人的热情,欧洲人的饥饿!

而我已经站在这儿,

作为欧洲人,
我别无所能,愿上帝助我!
阿门!

     *   *
       *

荒漠在生长:苦啊,怀藏荒漠者!
石头跟石头嚓嚓作响,荒漠狼吞虎咽。
硕大的死神发出灼热而褐色的目光
正在咀嚼,——他的生活就是咀嚼……

被快乐烧毁的人呵,别忘了:
你——就是这石头,这荒漠,就是这死亡……

     *   *
       *

最后的意志

就这样赴死,
像我从前看见他死去那样——,
那位友人,曾把雷光闪电
神性地投向我那黑暗的青春。
蓄意而深沉地,
战斗中的一位舞者——,

战士中间最快乐者,
胜利者中最沉重者,
在自己的命运上矗立一种命运,
冷酷、瞻前又顾后——:

为自己的胜利而战栗,
为自己赴死获胜而欢呼——:

他在死去时下达命令
——他命令人们去毁灭……

就这样赴死,

像我从前看见他死去那样:

胜利,毁灭……

在猛禽之间

谁想从这里下去,
多么快速地
深渊会把他吞没!
——但你,查拉图斯特拉呵,
你依然热爱那深渊,
就像冷杉一般作为吗?——

冷杉扎根之处,
岩石本身打着寒战
望向深处——,
冷杉在深渊旁迟疑,
在那里,周遭一切
都意愿下落:
处身于急躁的
原生卵石、奔腾小溪间
耐心地忍受着,冷酷地,静默地,
孤独地……

孤独地！

谁还胆敢，

到这里做客，

做你的客人？……

兴许一只猛禽才敢：

它可能悬挂于

那坚强的忍受者的头发上，

幸灾乐祸地

发出狂乱的笑声，

一只猛禽的大笑……

何以如此坚强呢？

——这猛禽残暴地嘲笑：

如果人们热爱深渊，就一定要有羽翼……

一定不能像你这样悬着，

你这被悬挂者呵！——

呵，查拉图斯特拉，

最残暴的猎人[1]！

不久前还是上帝的猎手，

一切德性的罗网，

---

1 猎人] 参看《创世记》第10章第8—10行。——编注

那恶的箭矢!

而现在——

被你自己所捕猎,

成了你自己的猎物,

把你自己射穿了……

现在——

孤独地随你,

在自己的知识中形影相对,

在百面镜子之间

在你自身面前做假,

在百种回忆之间

毫无把握,

疲于一切创伤,

寒于一切霜冻,

窒息于自己的绳索,

有自知之明者!

绞杀自己的人!

你为何要用你智慧的绳索

把自己捆住?

你为何要把自己诱骗到

古老的蛇的乐园里?

你为何要偷偷地潜入

你自身之中——你自身之中？……

如今是一个病人，

中了蛇毒的病人；

如今是一个囚犯，

抽到最艰难的签：

在自己的深井里

弯着身子劳作，

挖到你自身里面，

挖掘你自身，

笨拙地，

僵硬地，

一具尸体——，

为无数重负所积压，

承受你自己的过重负荷，

一个知情人！

一个有自知之明者！

智慧的查拉图斯特拉！……

你寻求最重的负荷：

你于是发现了你自己——，

你摆脱不了自己……

潜伏着,

蹲伏着,

再也不能直立的一个人!

你依然与你的坟墓难解难分,

畸形的精神呵!……

不久以前你还多么高傲,

你的高傲趾高气扬!

不久以前你还是无神的隐居者,

与魔鬼一道的双栖者,

鲜红色的傲慢王子!……

现在——

在两种虚无之间

弯着身子,

一个问号,

一个令人厌烦的谜团——

一个为猛禽而备的谜团……

它们将把你"解开",

它们已经渴望你的"解答",

它们已经围着你飞舞,它们的谜团,

围着你,被绞杀者!……

查拉图斯特拉呵!……
有自知之明者!……
绞杀自己的人!……

火的信号

这儿,大海中长出岛屿的地方,
一块祭石突兀地高耸,
这儿,在黑暗的天空下面
查拉图斯特拉点燃他的高空之火,
那是给漂泊船夫的火之信号,
那是为没有答案者提出的问号……

这火焰有着灰白色的腹部
——向寒冷的远方伸出它的贪婪之舌,
向越来越纯净的高空弯下自己的脖子——
一条急不可耐而直立的蛇:
我把这信号置于自己面前。

我的灵魂本身就是这道火焰,
永不餍足地探向新的远方
向上,向上燃起它静静的火光。
查拉图斯特拉为何逃避动物和人类?

他为何突然逃离了全部的陆地?
他已经认识到六种孤独——,
但对于他,大海本身还不够孤独,
岛屿让他攀登,在山上他成了火焰,
现在,为寻求第七种孤独
他在山顶上投出钓钩。

漂泊的船夫呵!古老星辰的碎片呵!
你们,未来之海呵!未曾探听的天空呵!
现在我要向一切孤独投出钓钩:
答复急躁的火焰吧,
为我这个高山上的渔夫,
捕捉我的第七种孤独,那最后的孤独吧!——

太阳西沉了

一

你不会长久地干渴了,
　　枯焦的心!
预兆在空气中,
从未知的口中向我吹来
　　——强大的凉风来了……

我的太阳在炎热的中午照在我头上:
我欢迎你们的到来
　　突然吹来的风
你们,午后的凉爽精灵呵!

空气流动,生疏而纯洁。
黑夜不是用斜乜的
　　引诱者目光
瞟着我吗?……

要保持坚强，我勇敢的心！
不要问：为什么？——

二

我生命中的白昼！
太阳西沉了。
平滑的潮水
　　已经金光闪闪。
岩石热气阵阵：
　　正好在午间
幸福躺在上面午睡？
　　绿光中
褐色深渊依然衬托着幸福。

我生命中的白昼！
走近黄昏！
你的眼睛已经失去
　　一半的热力，
已经涌出
　　露珠般的泪水，
白色海面上已悄然流淌
你爱情的紫红色，

你那最后的踌躇的福乐……

三

来吧,金色的明朗啊!
　　你属于死亡
最隐秘、最甘甜的预先乐趣!
——我太快地跑自己的路了?
现在,我的脚已疲倦,
　　你的目光才能赶上我,
　　你的幸福才能赶上我。

四周只有波浪和游戏。
　　曾经的苦难,
落入蓝色的遗忘中,
现在,我的小船悠然自得。
风暴和航行——它怎么荒疏了这个!
　　心愿和希望已经湮没,
　　心灵和大海平坦无痕。

第七种孤独!
　　我从未感觉
我更接近甘甜的平安,

太阳的目光更为温暖。
——我的顶峰上还有冰在燃烧吗?
　　银色的,轻盈的,一条鱼
　　现在,我的小船漂荡而去……

阿里阿德涅的哀怨[1]

谁来温暖我,谁依然爱着我?
　　给我温热的双手!
　　给我心灵的火盆!
我躺倒了,寒战着,
犹如半死人,要有人来温暖双脚,
呵!因为未知的高烧而颤抖,
由于尖锐又凛冽的霜箭而战栗,
　　为你所追猎,思想!
不可名状者!隐蔽者!恐怖者!
你这阴云背后的猎人啊!
我被你的雷电击倒了,
你讥讽的眼睛从黑暗中注视着我!
　　我就这样躺着,
弯曲,蜷缩,
为一切永恒的苦难所折磨,

---

[1] 参看《查拉图斯特拉如是说》第四部,"魔术师",以及相关编注。——编注

被你所击中,
最残忍的猎人,
你这未知的——上帝……

更深地打击吧!
再来一次打击!
把这心灵刺穿、破碎吧!
以钝牙般的箭矢
这痛苦的折磨意欲何为?
你又看着什么,
以幸灾乐祸的诸神的电眼
没有厌倦于人类的痛苦?
你并不想杀害,
而只是折磨、折磨?
为何要——折磨我,
你这幸灾乐祸的未知的上帝啊?

哈哈!
你悄然到来了
在这般午夜时分?……
你想要什么?
说吧!
你排挤我,压迫我,

哈！已经太贴近了！

你听到我在呼吸，

你窃听我的心跳，

你这嫉妒者啊！

　　——可你嫉妒什么？

滚开！滚开！

这梯子何用？

你想要进入吗，

登上心灵，

登入我最隐秘的

思想？

无耻者啊！未知者！窃贼！

你想要窃取什么？

你想要探听什么？

你想要拷问什么，

你这施刑者！

你——刽子手上帝！

抑或我该像狗一样，

在你面前打滚？

尽心投入，欢欣而忘我

向你——摇尾示爱？

徒劳啊！

刺得更深远些吧！

最残暴的毒刺!

我不是狗——只是你的猎物,

最残暴的猎人呵!

你那最高傲的俘虏,

你这乌云背后的强盗……

总得说出来吧!

你这为闪电掩盖者!未知者!说吧!

拦路抢劫者,你想从——我这里要些什么?……

怎么?

要赎金?

你想要多少赎金啊?

就多要吧——我的高傲这样劝告!

而且长话短说——我的别一种高傲这样劝告!

哈哈!

我——你想要吗?我?

我——整个?……

哈哈!

折磨我,你这傻子,

你要拼命毁掉我的高傲吗?

给我爱吧——谁还来温暖我?

谁依然爱着我?
给我温暖的双手,
给我心灵的火盆,
给我,给这最孤独的人,
以冰块啊!那七层厚的冰
教人渴望仇敌,
渴望那仇敌本身,
给予吧,
最残暴的仇敌,
　　就是委身于我,
给我——你自己!……

离去了!
他自己逃遁了,
我最后的唯一同伴,
我的大仇敌,
我的未知者,
我的刽子手上帝!……
不!
回来吧!
带着你全部的折磨!
我的所有眼泪
向着你奔流

还有我最后的心灵火焰
为你而闪亮。
呵,回来吧,
我未知的上帝!我的痛苦!
　　我最后的幸福!……

一道闪电。狄奥尼索斯呈现在绿宝石一般的美中。

　　　　狄奥尼索斯:

放聪明些啊,阿里阿德涅!……
你有一对小耳朵,你有了我的耳朵:
放一句聪明的话进去罢!——
如果人们要相爱,不是必须先相恨吗?……
我是你的迷宫……

荣耀与永恒

一

你在自己的厄运上面
　　已经坐了多久?
当心啊!你还要为我孵出
　　一个蛋,
　　一个蛇妖之蛋
从你久长的悲苦中。

为何查拉图斯特拉要沿山爬行?——

猜疑、化脓、郁闷,
一个长久的潜伏者——,
但突然地,一道闪电,
明亮而可怕,一个雷击,
从深渊向着天空:
——连山本身的内脏
也开始晃动……

当憎恶与电光
合为一体时，一道诅咒——，
在群山上，现在布满查拉图斯特拉的愤怒，
一团乌云悄然移动。

谁拥有最后的屋顶，就爬进去吧！
与你们一起上床，你们这些娇生惯养者！
现在，天穹上雷声隆隆，
现在，梁和墙都在颤动，
现在，雷电闪烁，还有硫碘色的真理——
　　查拉图斯特拉在诅咒……

二

人人都用来付账的
这种钱币，
荣耀——，
我戴着手套去抓这种钱币，
我怀着厌恶把它踩在脚底。

谁愿意接受付账？
那些可收买者……
有待出卖者，

用肥硕的双手，
去攫取这种平凡的铁皮叮当作响的荣耀！

——你愿意买它们吗？
它们全都是可收买的。
可要出大价钱！
摇响满满的钱袋吧！
——不然你会把它们增强，
不然你会增强它们的德性……

它们全都有德性。
荣耀与德性——相互合拍。
只要世人活着，
就会用荣耀的夸夸其谈
去支付德性的夸夸其谈——，
世人就靠这种噪音活着……

在全体有德性者面前
  我愿意是负债之人，
负债就是有大罪过[1]！
面对一切荣耀的喇叭，

---

1 此处"大罪过"（grosse Schuld）也可译为"大债务"。——译注

我的虚荣会变成蠕虫——,
而在这蠕虫当中,
我想做一个最卑贱者……

人人都用来付账的
这种钱币,
荣耀——,
我戴着手套去抓这种钱币,
我怀着厌恶把它踩在脚底。

三

安静呵!——
在伟大事物中——我看见伟大!——
人们当沉默
还是把它吹捧:
吹捧吧,我那迷醉的智慧!

我往上看——
上面翻滚着光的海洋:
——夜啊,沉默啊,死寂的喧嚷啊!……

我看到一个征象——,

从最遥远的远方

一个星座火花四射，慢慢向我坠落……

四

存在的最高星辰呵！

永恒雕像的招牌呵！

你向我走来？——

谁也没有见过的，

你那无声的美，——

怎么？它没有避开我的目光？——

必然性的徽章呵！

永恒雕像的招牌呵！

——但你知道的：

人人憎恶的，

只有我喜爱的一点，就是

你是永恒的！

你是必然的！

我的爱永远只有

靠必然性才能燃烧。

必然性的徽章呵！

存在的最高星辰呵！

——这是任何心愿都达不到的，

这是任何否定都玷污的，

存在的永远肯定，

我永远是你的肯定：

因为我爱你，永恒啊！——[1]
　·　·　·　·　·　·　　·　·　·

---

[1] 因为我爱你，永恒啊！——］参看《查拉图斯特拉如是说》第三部，"七个印记（或：肯定和阿门之歌）"。——编注

最富有者的贫困

十年过去了——,
没有一点一滴落到我身上,
没有湿润的风,没有爱的露珠
——一片无雨的大地……
现在我请求自己的智慧,
在此干旱中不要吝啬:
自己溢出来吧,自己滴下露珠吧,
自己成为这已然枯黄的荒野的雨水吧!

从前我曾命令云朵
离开我的群山,——
从前我曾说"多一些光吧,你们乌云呵!"
今天我引诱它们,要它们过来:
用你们的乳房遮暗我的周围吧!
——我想给你们挤奶,
你们这些高空的母牛!
我要让牛奶般温暖的智慧,爱的甘露

在这片大地上溢流。

滚开,滚开,你们这些真理,
投出阴郁目光的真理!
我不想在自己的群山上
看到艰涩而急躁的种种真理。
今天,带着金色的微笑
有一种真理临近于我,
被阳光加了甜蜜,被爱情染成褐色,——
我只从树上摘取一种成熟的真理。

今天,我伸出自己的手
伸向偶然的鬈发,
十分聪明地,把偶然
当作孩子一般加以引导,施计取胜。
今天,对于不受欢迎者
我要殷勤招待,
即便对于命运,我也不想针锋相对
——查拉图斯特拉不是一只刺猬。

我的灵魂,
带着贪得无厌的舌头,
已经舔过了一切善与恶的事物,

浸入每一个深层。
但总是像软木,
总是又浮到上面,
就像油飘浮在褐色海面上:
因了这种灵魂,人们把我叫作幸福者。

谁是我的父亲和母亲啊?
我父亲不是富裕的王子吗?
我母亲不是安静的微笑吗?
这两者的联姻不是产下了
我这个神秘野兽,
我这个光之恶魔,
我这个全部智慧的挥霍者,查拉图斯特拉?

今天,伤于柔情,
那一阵暖风,
查拉图斯特拉怀着期待,等在他的群山上,——
在自己的汁液里
变得甜蜜,已经煮熟,
在自己的巅峰之下,
在自己的冰层之下,
疲惫而福乐,
像到了第七天的造物主。

——安静!

一种真理在我头顶游移

有如一朵云,——

它用不可见的闪光击中了我。

踏着宽大而舒缓的台阶

真理的幸福向我升起:

来吧,来吧,受人热爱的真理!

——安静!

这是我的真理!

从迟疑的眼睛里,

从丝绒般的战栗中

它的目光击中了我,

可爱,凶狠,一道少女的目光……

它猜解了我的幸福的根基,

它猜解了我——哈!它想出了什么?——

一条紫红色的龙

在它那少女目光的深渊里潜伏。

——安静!我的真理在讲话!——

不幸啊你,查拉图斯特拉!

你看起来就像一个

吞下了金子的人:
人们还将把你的肚皮剖开!……

你太富有了,
你这个众人的败坏者!
你使太多的人嫉妒,
你使太多的人贫乏……
连我也被你的光投下了阴影——,
我冻得发抖:走开吧,你这富有者,
走吧,查拉图斯特拉,离开你的太阳!……

你想赠送,送掉你的过剩,
可你自己就是最大的过剩者!
放聪明些,你这富有者!
先把你自己送掉吧,查拉图斯特拉呵!

十年过去了——,
没有一点一滴落到你身上吗?
没有湿润的风?没有爱的露珠?
但谁应当爱你,
你这超级富有者?
你的幸福使周遭干枯,
使爱情贫乏

——一片无雨的大地……

再也没有人感谢你。
而你却感谢每一个,
从你身上获取的人:
由此我认识了你,
你这超级富有者,
你这一切富有者中最贫困者!

你牺牲自己,你的财富折磨你——,
你交出自己,
你不珍惜自己,你不爱自己:
那巨大的痛苦时刻压迫你,
那满溢的粮仓、满溢的心灵的痛苦——
但再也没有人感谢你……

你必须变得更贫困,
聪明的愚人啊!
如果你想要被人爱。
人们只爱那些苦难之人,
人们只把爱给那饥馑之人:
先把你自己送掉吧,查拉图斯特拉呵!

——我是你的真理……

第二编
狄奥尼索斯—酒神颂歌残篇[1]

Dionysos-Dithyramben

---

1 系尼采作于1888年夏天的笔记,相应手稿编号为 W II 10a。这些诗歌残篇可以部分地被理解为《狄奥尼索斯颂歌》的准备。1888年夏天,尼采把查拉图斯特拉时期(1882—1884年)尚未利用的诗歌残篇汇集到这个笔记本上。此外,该笔记本还包含对新撰《酒神颂歌》的直接准备。中译本见尼采:《1887—1889年遗稿》,科利版《尼采著作全集》第13卷,孙周兴译,商务印书馆,2010年,第649—689页,编号20 [1] —20 [161]。——编译注

狄奥尼索斯—酒神颂歌残篇

1

不屈的沉默——

五只耳朵——里面没有一点声响！
世界喑哑了……

我以自己好奇之耳倾听
我五次抛下我的钓竿，
五次徒然拉起空竿——
我问——没有答案进入我的耳膜——

我用自己爱之耳倾听

2[1]
你跑得太快了：

---

1 参看"太阳西沉了"，第6卷，第394页，第20—24行。——编注

现在,当你疲倦之时,
你的幸福才赶上了你。

3
一颗大雪覆盖的心灵,
一股解冻的风在向它诉说

4
一条闪闪发光的欢腾小溪,
岩砾密布的曲折河床
把它捕捉:
在黝黑的石头之间
闪烁着它的急躁不安。

5
你要避免
去警告鲁莽者!
为了警告之故
他依然奔向每个深渊。

6
好好的追踪,
糟糕的捕获

7

伟人曲折而行，还有河流，
曲折地，却向着自己的目标：
这是它们最佳的勇气，
它们不怕曲折的道路。

8

山羊、笨鹅和其他
十字军东征者，还有通常
受神圣的精神
引导的东西

9[1]

这就是高跷吗？
抑或是高傲的强大根基？

10

垂头丧气而奴颜婢膝，
开始腐烂的，声名狼藉的

---

[1] 参看"在猛禽之间"，第6卷，第392页，第2行。——编注

11[1]

在你们中间,我总是

犹如油在水中:

总是在最上面

12

每家商店旁的酒店

13

人们对他的死是确信的:

为什么人们不愿喜乐呢?

14

糟糕地与自身

结了婚,不得安宁,

他自己的悍妇

15

天空处于火焰中,大海

向我们喷发

---

[1] 参看"最富有者的贫困",第6卷,第407页,第17—18行。——编注

16

大海对着我

龇牙咧嘴。

17

告诉我，你们的上帝

是爱的上帝吗？

良心的谴责

是上帝的谴责，

一种出于爱的谴责吗？

18[1]

在我的顶峰

和我的冰块下面

依然系上了

爱情的所有腰带

19

美对谁相适宜呢？

对男人不宜：

美把男人隐藏起来，——

---

1 参看"最富有者的贫困"，第6卷，第408页，第3—4行。——编注

而一个隐藏的男人是没用的。

放开脚步走过来吧，———

20

你必须回到拥挤的人群中：

在人群中，人们会变得圆滑而强硬。

孤独令人腐朽……

孤独令人堕落……

21[1]

不要认错他啊！

他愉快地欢笑

犹如一道闪电：

但之后

却愤然雷声大作。

22

他就在摹仿自己，

他已然疲惫不堪，

他就在寻找自己走过的道路——

而新近他还热爱着一切未做之事！

1　参看"荣耀与永恒"，第6卷，第400页，第12行；第401页，第3行。——编注

23

我的智慧好比太阳:
我本想成为它们的光,
但我却使它们目眩;
我的智慧的太阳
灼坏了这些蝙蝠的
眼睛……

24

他的同情是冷酷的,
他的爱的重负令人心碎:
不要拱手听命于一位巨人!

25

这就是我现在的意志:
就是我此后的意志,
一切都要随我所愿——
这曾是我最终的聪明:
我想要的是我必须要的:
因此我强迫自己接受每一种"必须"……
此后我再也没有什么"必须"了……

26[1]

高傲地面对小小的

优势：当我看到市井小人

长长的手指时，

我立即就想，

要吃亏了：

我那脆弱的趣味要我这样。

27

小人物，

温良，胸襟坦荡，

但低矮的门：

唯有低级之物才能进入。

28

你只是想成为

你的上帝的猴子吗？

29[2]

你的伟大思想，

---

1 参看"荣耀与永恒"，第6卷，第404页，第6—7行。——编注
2 根据沃韦纳格的一个想法。——编注

源自于心灵，

而你所有渺小的思想

——都源自脑袋——

难道它们不是全被糟糕地思考了吗？

30[1]

小心提防，

不要成为你的命运的

击鼓手！

对所有名誉的咚咚声

你得退避三舍！

31

你想逮住它们吗？

劝告它们，

作为迷途的羊羔：

"你们的路，你们的路啊

你们已经迷失了它。"

它们将追随每一个

这样奉承它们的人。

"怎么？我们本来有一条路吗？"

---

[1] 参看"荣耀与永恒"，第6卷，第2节。——编注

它们悄悄地对自己说：

"看起来是真的，我们是有一条路！"

32

别对我生气，我在睡觉：

我只是疲倦，没有死掉。

我的声音听来凶恶；

但这只是鼾声和喘气声，

一位疲惫者的歌唱：

不是对死亡的欢迎，

不是墓穴的诱惑。

33[1]

像僵尸一样无助，

活着就已经死了，被埋葬了

34[2]

把手伸向细小的偶然事件吧，

亲切地对待不受欢迎的东西：

对于自己的命运，人们不能针锋相对，

---

1 参看"在猛禽之间"，第6卷，第391页，第15—17行。——编注
2 参看"最富有者的贫困"，第6卷，第407页，第5—12行。——编注

除非人们是一只刺猬。

35

你们在攀登吗，

你们真的在攀登吗，

你们这些高等的人？

请原谅，难道你们没有像球一样

被推向高空吗

——通过你们最低等的东西？……

你们没有逃避自身吗，你们这些攀登者？……

36

怀着被扼杀的虚荣心：

我由此突然渴望

成为最末之人——

37[1]

上帝的谋杀者

最纯洁者的诱惑者

恶的朋友？

---

1 参看"在猛禽之间"的誊清准备稿，第6卷，第392页，第3—5行。——编注

38
他正派地站在那儿，
怀着丰富的正义感
在他最左边的脚趾上
就有比我整个脑袋更多的正义感：
一个德性怪物，
穿着白色大衣

39
这有何用啊！他的心灵
是狭隘的，他所有的思想
都被囚进这狭小的笼子
动弹不得

40
你们这些僵化的智者啊，
对我而言，一切皆为游戏

41
要我爱你们吗？……
骑者就这样爱他的马：
马把骑者带向自己的目标。

42[1]

狭隘的心灵,

市井小人的心灵!

当钱币蹦入箱子里,

心灵总是一道跳进去!

43

你再也受不了,

你那专横的命运吗?

爱它吧,你别无选择!

44

意志有拯救之力。

无所事事者,

也无所烦恼。

45

孤独

不是培育起来的:它瓜熟蒂落……

你此外还必须以太阳为友

---

[1] 据宗教改革时代汉斯·萨克斯反对赎罪券商贩约翰·特策尔(Johann Tetzel)的常被引证的名言:"一旦箱子里银子作响,灵魂就跳出炼狱。"——编注

46

把你的重荷抛入深渊！

人啊，遗忘吧！遗忘吧！

遗忘的艺术是神性的！

你想飞翔吗？

你想以高空为家吗？

那把你最大的重荷抛入大海！

这里就是大海，把你自己抛入大海！

遗忘的艺术是神性的！

47

女巫。

我们曾相互鄙视吗？……

我们曾相距太远。

但现在，在这间极狭小的屋子里，被拴在一个命运上，

我们如何还能相互敌视？

如果人们不能逃脱，那就必须互爱[1]

48[2]

真理——

---

1 参看"阿里阿德涅的哀怨"，第6卷，第401页，第24行。——编注
2 参看《善恶的彼岸》序言；《善恶的彼岸》，第220节；《快乐的科学》，"在南方"，第3卷，第641—642页。——编注

只不过是一个女人:

羞涩中藏着狡猾:

她不想知道,

她最想要的是什么,

她伸出手指……

谁能让她屈服?唯有暴力!——

因此需要暴力,

要强硬,你们最智慧者!

你们必须强迫她

那羞涩的真理……

为了她的福乐,

就需要强制力——

——它只不过是一个女人……

49
啊,你以为
在你一味放弃的地方,
就必须鄙视!……

50[1]
夜晚时光

---
1 参看"太阳西沉了",第6卷,第397页,第5—7行。——编注

即便我的山峰

依然燃着冰雪!

51

　　　　水上航行——荣誉。

是你们波浪吗?

是你们女人吗? 是你们奇观吗?

是你们对我生气?

是你们大声怒吼?

我用我的船桨

敲打你们脑袋的愚昧。

这叶小舟——

你们还得亲自把它带向不朽!

52

这种人可能是不可反驳的:

这因此就是真的吗?

你们这些无辜者啊!

53[1]

在高空,我有在家之感,

---

1 参看《查拉图斯特拉如是说》,第一部,"论读与写"。——编注

我并不渴望高空。
我并不抬起双眼；
我是一个俯瞰者，
一个必须赐福的人：
所有赐福者都得俯视……

54
他已然变得粗暴了，
他唰地
伸长胳膊肘；
他的声音变得酸溜溜，
他的眼神泛着铜绿。

55
一双高贵的眼睛，有着
丝绒般的垂帘：
少见的明亮，——它尊重
它公然向之显示者。

56
牛奶流淌在
他们心灵中；可是啊！
他们的精神是乳白色的

57

一种陌生的气息对着我噗噗出声:
我是一面由此变得模糊的镜子吗?

58

要爱护具有这种柔软肌肤的!
你想从这种东西的绒毛上
刮下什么呢?

59

还没有一种微笑
为真理镀金;
不成熟的、苦涩而不耐烦的真理
坐落在我周围。

60[1]

你们所有这些炽热的冰块啊!
我最孤寂的幸福的极顶骄阳!

61

迟钝的眼睛,

---

1 参看"太阳西沉了",第6卷,第397页,第5—7行。——编注

它们鲜有挚爱:
但一旦它们爱了,就会熠熠生辉
犹如来自黄金矿井,
在那里,一条巨龙因为爱的号角而苏醒……

62
"走你的路的人,要进地狱吗?"——
好吧!进我的地狱
我愿用美好的箴言为自己铺路

63
你想抓住荆棘吗?
你的手指将受重创。
去拿一把匕首吧

64
你是脆弱的?
那么请你提防儿童的手!
儿童不打破点东西,
就没法过日子……

65
甚至烟雾也有某种用处:

贝都因人如是说,而我也要说:
烟啊,你不是要告诉
路途中人,
好客的人们就在近处吗?

66[1]
谁今天笑得最好,
也就能笑到最后。

67
一位疲惫的漫游者,
一条狗用狂吠
来迎接他

68
牛奶心肠,温热的

69
对这些螃蟹,我毫无同情,
你一抓它们,它们就钳你;
你一放手,它们就往回爬。

---

1 参看《偶像的黄昏》,格言第43条。——编注

70

他蹲在笼子里已经太久,

这个逃犯!

他对一个棍棒大师

已经害怕得太久:

现在他怯怯地走自己的路:

一切都会使他跌倒,

一根棍棒的影子就会使他直哆嗦

71[1]

远离北方,远离冰雪,远离今天,

远离死亡,

离开——

我们的生命,我们的幸福!

你既不能经由陆路,

也不能经由水路

找到通往我们北极乐土居民的路:

一种智慧的声音如是对我们预言。

72

这些诗人们呵!

---

[1] 据品达:《胜利颂歌第十首》(Pyth. X),第29—30行;参看《敌基督者》,第1节。——编注

他们中间有一些牡马,
以一种贞洁的方式嘶鸣

73

要往外看!别往后看!
如果一味刨根究底,
就将归于毁灭

74

平和地面对人和事,
一个太阳黑子
在冬天的斜坡上

75

一道闪电成了我的智慧;
它用金刚之剑为我辟开一切黑暗

76

猜一猜,谜语爱好者,
现在我的德性待在哪里了?
它逃离了我,
它害怕我那奸诈的
陷阱和圈套

77
我的幸福令他们痛苦:
我的幸福成了这些妒忌鬼的幽灵;
他们暗自颤抖:青着眼观望——

78
孤独的日子,
你们想踏着无畏的脚步前行!

79
只有当我都成为自己的重负时,
你们才让我感到吃力!

80
令人厌烦
有如任何一种德性

81
一个囚犯,遭遇了最严酷的命运:
俯首劳动,
在昏暗发霉的小笼子里劳动:
一个学者……

82

他去了何方?有谁知道?
但他肯定是没落了。
一颗星星消失在荒凉的太空:
太空变得荒凉……

83

乌云依然翻腾不止:
而查拉图斯特拉的财富
已然闪烁着,
悄然而沉重地
悬挂在了田野上。

84

只有这一点能让人解脱所有苦难——
现在请选择吧:
快速之死
还是长久之爱。

85

我们挖掘新的财宝,
我们这些隐秘新人:("贪得无厌者")

以往,在古人们看来,寻找财宝
惊扰地球的内脏,就是不信神;
现在重新出现了这样一种失神状态:
难道你们没有听到所有深深的辘辘腹痛声吗?

86
你成为荒谬的,
你成为有德性的

87
神圣的疾病,
信仰

88
你强壮吗?
驴一般强壮?上帝一般强壮?
你高傲吗?
高傲得足以让你不知道为自己的虚荣羞愧?

89
他们从虚无中创造了自己的上帝:
并不奇怪:现在他们又使上帝破灭了——

90
一位研究古旧事物的学者
一种掘墓者的手艺，
一种处于棺材与锯屑之间的生活

91
急促地
马上就要跳跃的蜘蛛猿

92
它们屹立在那儿，
重重的、毫不动摇的起重机，
来自远古时代的价值：
唉！你怎么会想把它们推翻呢？

93
他们的意义是一种荒谬，
他们的要害是一种癫狂

94
辛勤地，舒适地：
我的每一天都一样
金灿灿地升起。

95
充满深深的猜疑,
从苔藓中滋长,
寂寞地,
有着持久的意志,
远离一切贪婪者,
一个沉默寡言者

96
他蹲着,期待着:
他已经再也不能笔挺地站立。
他与自己的坟墓融为一体了,
这个畸形的精灵:
他如何能在某个时候复活呢?

97
你是如此好奇吗?
你能看到拐角后面吗?
为了看到这个,脑后也得长眼

98
这些学究们,多么冷酷无情!
一道霹雳落入他们的菜肴中!
他们学会了吞食火焰!

99

挠人的猫,

被绑住了爪子,

坐在那儿,

望着毒药。

100

他从高空抛下了什么?

什么诱惑了他?

是对所有卑下之物的同情诱惑了他:

现在他躺在那儿,支离破碎、徒然、冰冷——

101

纸蝇

短暂的读者

102

一匹狼亲自为我作证

并且说:"你的嗥叫比我们狼更胜一筹"

103

你比某个先知看得更黑暗更糟糕:

还没有一位智者穿越了地狱的淫欲。

104

你用新的黑夜包裹自己,
你雄狮般的足迹创造了新的荒漠

105

在这种冷漠的美那里
我火热的心渐渐冷却

106

为一种全新的幸福
所折磨

107[1]

远远地,越过头顶,我把钓竿
抛向未来的大海

108

挖吧,蠕虫!

109

我就是人们的宣誓对象:

---

1 参看"火的信号",第6卷,第393页,第22行;第394页,第2—3行。——编注

为这一点向我发誓吧!

110
并不是你把偶像推翻了:
而是你在心中把偶像崇拜者推翻了,
这才是你的勇气

111
我的彼岸幸福啊!
今天对我来说的幸福,
把阴影投向它的光明

112[1]
罪孽深重,
——而一切德性还得
在我的罪孽面前屈膝下跪——

113
欺骗——
这是战争中的一切。
狐狸的皮毛:

---

[1] 参看"荣耀与永恒",第6卷,第404页,第1—3行。——编注

那是我隐秘的铠甲

114
荣誉
没有过早地得到承认：
一个把自己的名声贮存起来的人

115
对这等野心来说
这地球不是太小了吗？

116
狡诈比暴力更好吗？

117
我抛弃了一切
我的所有财富：
不再有什么东西留给我
除了你，伟大的希望！

118
"没有愤怒，就没有胜利"

119
哪儿有危险,
哪儿就有我,
我从大地里成长起来

120
每个统帅都如是说:
"既不能让胜利者安宁
也不能让失败者安宁!"

121
伟大的时辰到了,
那危险中的危险:
我的灵魂变得安静……

122
能够赋予你权利的人是谁呢?
那么,接受你的权利吧!

123
当我最大程度上忍受一个人时
我忍受的不是他的罪恶和大愚昧:
而是他的完满性

124

星辰的碎片:
我用这些碎片造就了我的世界

125

我把全部将来
都与这个想法牵连起来

126

发生了什么事?是大海沉陷了吗?
不,是我的大地在生长!
一股新的火焰把它抬了起来!

127

一种思想,
现在依然炽热地流动,有如熔岩:
而每一块熔岩
都在自身周围筑起一座堡垒,
每一种思想
最终都随"规律"而窒息

128

再也发不出新的声音时,

你们用陈词滥调总结出

一条规律：

生命僵化处，就有规律堆积起来。

129

我由此开始：

我荒废了对自己的同情！

130

你们错误的爱情

已成过去，

一种掘墓人的爱——

它是对生命的劫掠，

它偷走了你们的将来——

131

最糟糕的抗辩

我对你们隐瞒了它——生活将变得无聊：

把它抛弃吧，为了使你们的生活重又变得美好！

132

这个明朗的深渊呵！

通常被叫作星星的，

已经成了斑点。

133
这种至高的障碍,
这种思想中的思想,
是谁创造了它!
生活本身为自己
创造了它至高的障碍:
从现在起,它将跳越它的思想本身

134
幻想者与抑郁者,
以及在黄昏与夜晚之间
爬行、飞翔和瘸腿站立的
一切。

135
他们嚼着砾石,
在细小的圆形事物面前
他们卑躬屈膝;
他们崇拜一切不会跌倒的东西——
这些最后的僧侣!
　　　　信徒!

136

人们没有的,

而又必需的东西,

人们应当自行取之:

我于是为自己取得了良知。

137

暗地里烧毁,

不是为了自己的信仰,

而是因为自己

再也找不到信仰的勇气

138

住在你们周围的,

马上会习惯你们:

在你长久坐落处,

有风俗生长。

139

干旱的河床,

干涸的沙质心灵

140
顽固的人物,
精细、吝啬

141
是它的冷酷
使我的记忆僵化吗?
我可曾感觉到,这颗心
在我身上燃烧和搏动?……

142
(夜晚,缀满星星的天空)
呵,这死寂的嘈杂声!

143
踏上通向自己的幸福的
宽阔而迟缓的阶梯

144
在尘世的光,异己幸福的反光
苍白地照耀下,
一只月色夜晚的蛇蜥

145

"爱敌人吧,

任强盗把你劫掠":

女人听了这话,而且——做了

146

在我的德性的十二颗星中:它拥有全部季节

147

我们对真理的追求——

它是一种对幸福的追求吗?

148

如果人们能遗忘,那就永远好了。

对于惩罚和训斥记忆犹新的孩子们,

变得奸诈、阴暗——

149

曙光

以放肆的无辜

吐露又消失。

风暴随后到来。

150

马一般不安:
我们自己的影子不是在
上下摇晃?
人们应当把我们引向太阳,
迎着太阳——

151

适合于我们双脚的真理,
让人跟着翩翩起舞的真理

152

妖魔鬼怪,
悲惨的假面,
道德的喉音

153

乌云呵——你们能做什么?
对我们,就是自由、通气、快乐的精神

154

你们女人们,

是不是意愿,
在你们所爱者那里受苦?

155
悄悄地告诉懒汉:
"无所事事者,
也无所烦恼"

156
如果孤独者
突然生出巨大的恐惧,
如果他跑啊跑
而不知道自己何去何从?
如果风暴在他身后怒吼,
如果闪电径直向他袭来,
如果他的地狱充满鬼魂
使他恐惧——

157
我只是一个空谈家[1]:
话语何所为!

---

[1] 原文为Worte-macher,按字面直译为"话语制作者"。——译注

我又能做什么!

158
已经太快了
我重又微笑：
一个敌人
在我身上捞不到好处

159
在乌云密布的天空，
当人们把箭矢
和致命的思想
射向自己的敌人

160
仿佛在树林里
迷失的钟声

161
对勇敢者，心情愉快者，
节制者
我唱这支歌。

第三编
尼采—酒神颂歌选辑[1]

Nietzsche-Dithyramben

1 选自尼采:《查拉图斯特拉如是说》,科利版《尼采著作全集》第4卷,第二至四部相关章节。——编译注

夜歌[1]

是夜里了：现在所有的喷泉越来越响亮。而我的灵魂也是一个喷泉罢。

是夜里了：现在爱人们的全部歌声才刚刚唤起。而我的灵魂也是一个爱人的歌罢。

在我心里有一个从未平静也不可平静的东西；它想要声张。在我心里有一种对爱的渴望，它本身说着爱的语言。

我是光明：呵，但愿我是黑夜！然则我被光明所萦系，此乃我的孤独。

呵，但愿我是昏暗的和黑夜般的！我要怎样吮吸光明之乳！

而且，我依然要祝福你们自己，你们这些闪耀之星以及天上发光的虫啊！——而且因为你们的光之赠礼而欢欣。

但我生活在自己的光明中，我饮回从我身上爆发出来的火焰。

我不知道获取者的幸福；而且我经常梦想，偷窃一定比获取更福乐。

我的贫困在于，我的手从未停止过赠予；我的妒忌在于，我看

---

1 选自尼采：《查拉图斯特拉如是说》第二部。——编译注

到期待的眼睛，以及渴望的被照亮的夜。

呵，一切赠予者的不幸！我的太阳的阴暗化啊！对渴望的渴望啊！满足中的馋饿啊！

他们从我这儿获取：但我还能触及他们的灵魂吗？在给予与获取之间有一道鸿沟；而且最小的鸿沟是要最后被跨越的。

从我的美中生出一种饥饿：我要伤害那些被我照耀的人们；我要劫掠我的那些受馈赠者：——我是如此渴望作恶。

即便你们迎面伸出手来，我也会缩手；迟疑犹如瀑布，在骤落时依然迟疑的瀑布：——我是如此渴望作恶！

这样一种报复心乃起于我的丰富；这样一种奸诈乃源自我的孤独。

我赠予时的幸福消失于赠予，我的德性已经因其富裕过剩而厌倦了自己！

谁若一味给予，就有失去羞耻之心的危险；谁若总是分发，他的手和心就会因纯然分发而生出胼胝。

我的眼不再因为乞求者的羞耻而流泪；我的手已经变得太坚硬，不能感受那盈盈满握之手的颤动。

我眼里的泪水何往，我心里的绒毛又何往？呵，一切赠予者的寂寞啊！呵，一切发光者的沉默啊！

许多太阳绕行于寂寥天际：它们以自己的光明向一切黑暗之物诉说，——对我却默然无语。

呵，此乃光明对于发光者的敌视，它毫无同情地变换自己的轨道。

在内心深处对发光者不公：横眉冷对众多太阳，——每一个太阳都这样变换。

犹如暴风雨一般，众多太阳飞行于自己的轨道，这就是它们的变换。它们循着自己不可阻挠的意志，这就是它们的冷酷。

呵，你们这些黑暗者，你们这些漆黑如夜者，唯有你们才能从发光者那里取得自己的热量！呵，唯有你们才从光明之乳房里畅饮乳汁和琼液！

呵，我的四周都是冰，我的手在寒冰上烧焦！呵，我心中的渴望啊，它渴望着你们的渴望！

是夜里了：呵，我是必定成为光明的！还有对黑夜的渴望！还有寂寞！

是夜里了：现在我的渴求就像一道泉水喷涌而出，——我渴求言说。

是夜里了：现在所有的喷泉越来越响亮。而我的灵魂也是一个喷泉罢。

是夜里了：现在爱人们的全部歌声才刚刚唤起。而我的灵魂也是一个爱人的歌罢。——

查拉图斯特拉如是歌唱。

*

* *

舞曲[1]

一天傍晚，查拉图斯特拉和他的弟子们穿过森林；而当他寻找一汪泉水时，看哪，他来到一片为树林和灌木丛所围绕的绿草地上：有一群少女在那里跳舞。一俟少女们认出了查拉图斯特拉，她们便骤然停止了跳舞；查拉图斯特拉却以友好的姿态走向她们，跟她们说了下面这番话：

别停止跳舞嘛，可爱的少女们！到你们这里来的，不是一个眼光恶毒的扫兴之人，也不是少女的仇敌。

在魔鬼面前，我是上帝的辩护者：但这魔鬼却是重力之精神[2]。你们这些轻盈的少女啊，我怎能对神性的舞蹈怀有敌意呢？抑或我怎能厌恶少女们美丽的脚踝呢？

诚然，我是一片森林，幽暗树林下的一个黑夜：可是谁若不怕我的黑暗，他也会在我的柏树下找到玫瑰花盛开的山坡。

他也可以找到那少女们最爱的小神：他就躺在泉边，静静地，闭着眼睛。

---

[1] 选自尼采：《查拉图斯特拉如是说》第二部。——编译注
[2] "重力之精神"德文原文为 der Geist der Schwere，或译为"重力之精灵"。——译注

真的,他在白天也沉睡,这个懒汉!他是不是抓蝴蝶太多了呢?

你们这些美丽的舞者呵,要是我稍稍责罚一下这个小神,别对我动怒!他一定会叫喊起来,并且哭泣起来,——但即便他哭了,也是可笑的!

而且他应当两眼含泪,请求你们跳一个舞;而我自己愿为他的舞蹈唱一支歌:

一支舞曲,一支针对重力之精神、我那最高又最强的魔鬼的讽刺歌曲,这个魔鬼被说成是"世界的主人"[1]。——

这就是当丘比特[2]与少女们共舞时查拉图斯特拉唱的歌曲。

呵,生命,新近我曾观入你的眼睛!在那里,我似乎沉入深不可测的东西中了。

但你用你的金钩把我拉了出来;当我说你深不可测时,你便讥笑了。

"所有的鱼都这么说的,"你说道,"它们没有探测的东西,就是深不可测的。"

"但我只不过是变化无常的,野性的,完完全全是一个女人,而且并不是一个有德性的女人:

虽然你们男人们把我叫作'深沉者'或'忠实者''永恒者''神秘者'。

---

1 "世界的主人"]参看《新约·约翰福音》,第12章第31行。——编注
2 丘比特(Cupido):古罗马神话中的小爱神,长有双翼、手持弓箭的美童。——译注

可你们男人们常常把自己的德性赠予我们——呵，你们这些有德性者啊！"

这个不可置信的，它就这样笑了；但当它说自己坏话时，我是决不相信它和它的笑的。

而且当我私下里与我的野性智慧谈话时，它便对我愤怒地说："你意愿，你渴求，你热爱，唯因此你才颂扬生命！"

这时我几乎恶狠狠地做了回答，向这个发怒者说出了真理；而且人们能做的最狠毒的回答莫过于，人们对自己的智慧"说出真理"。

因为在我们三者之间情形就是这样。根本上我只爱生命——而且说真的，当我恨生命时我爱之最甚！

可我也喜欢智慧，经常是太过喜欢了：这是因为它竟能十分强烈地回想到生命！

智慧有自己的眼、自己的笑，甚至自己的金色钓竿：两者之间看起来如此相似，我又能何为？

有一次生命问我：这究竟是谁呢，这智慧？——我热切地答道："对呀！智慧嘛！

人们渴望着它，不厌其烦，人们只能隔着面纱观看之，人们只能透过网格捕捉之。

它美吗？我知道什么呀！但最老滑的鲤鱼也还不免受它的引诱。

它是变化无常的，又是固执的；我经常见它咬牙切齿，逆着自己的头发梳头。

也许它是凶恶而虚伪的，而且完全是一个女流之辈；然则当它说自己坏话时，它恰恰最有诱惑性。"

当我对生命说了这些话，生命便奸笑起来，闭上了眼睛。"你到底在说谁呀？"它说，"是在说我罢？

倘若你说得对，——你竟当面跟我说这个！但现在，你倒也来说说你自己的智慧罢！"

呵，现在你重又张开你的眼睛，亲爱的生命啊！而我似乎又沉入深不可测的东西中了。——

查拉图斯特拉如是歌唱。但当舞蹈结束，少女们离去时，他却悲伤起来。

"太阳早就已经下落了，"他终于说，"草地潮湿，树林里吹来一阵凉风。

一个未知之物在我周围，若有所思地观看。怎么！你还活着吗，查拉图斯特拉？

何故？为何？由何？何往？在哪？如何？依然生活下去，这岂不是蠢事一桩？——

呵，我的朋友们，是黄昏在我身上这样发问。原谅我的悲伤吧！

是黄昏时分了：原谅我，已是黄昏了！"

查拉图斯特拉如是说。

*
* *

违愿的幸福[1]

心里怀着这些谜团和辛酸,查拉图斯特拉渡过了大海。但在他离开幸福岛和他的朋友们四天以后,他已经克服了他所有的痛苦:——他胜券在握,以坚实的脚步重又站立在他的命运之上。当时,查拉图斯特拉对自己欢欣的良心如是说:

我又孤独了,而且我愿意这样,独自与纯洁的天空和自由的大海在一起;而我四周又是下午了。

我曾在下午第一次找到我的朋友们,另一次同样也在下午:——那是一切光都变得更宁静的时刻。

因为依然在天与地之间行进的幸福,眼下还要为自己寻求一个光明的灵魂来寄宿:由于幸福,一切光明现在都变得更宁静了。

呵,我生命的下午啊![2] 我的幸福也曾降到了山谷,以便为自己寻求一个寄宿之所:于是它找到了这些开放的、好客的灵魂。

呵,我生命的下午啊!我没有把什么交出来,以便我拥有一件

---

1 选自尼采:《查拉图斯特拉如是说》第三部。——编译注
2 呵,我生命的下午啊!] 参看《善恶的彼岸》,"终曲:生命的正午呵!"——编注

东西：我的思想的这种活生生的栽培，以及我至高的希望的这种晨光！

创造者曾寻求过同伴以及他的希望的孩子：而且看哪，他发现他找不到他们，除非他首先把他们本身创造出来。

所以我在工作中间，走向我的孩子们，又从他们那儿回来：为自己的孩子们之故，查拉图斯特拉必须完成自己。

因为人们根本上只爱自己的孩子和事业；而且，凡有伟大的对自身的爱之处，爱就是孕育的标志：这是我发现了的。

我的孩子们依然在他们第一个春季里抽芽发绿，彼此相互依傍，共同为春风所吹拂，那是我院子里最佳土壤里的树木。

真的！这种树木并肩矗立的地方，就是幸福之岛！

但终有一天我要把它们连根挖出，把每一棵树都单独栽种：使每一棵树都学会孤独、顽强和谨慎。

然后它应该为我矗立在大海边，多节而弯曲，带着柔顺的坚强，不可征服的生命的一座活灯塔。

在那里，暴风俯冲向大海，群山的大嘴痛饮海水，每一棵树都当有一次值日和守夜，使之得到考验和识别。

它应该得到考验和识别，看看它是不是我的同类和同系，——看看它是不是一种长久意志的主宰，即便在说话时也默然无声，而且如此谦恭，以至于它在给予时也取得：——

——以至于它有朝一日能成为我的同伴，以及查拉图斯特拉的一个共同创造者和共同庆祝者——：这样一个东西，它能把我的意志写在我的榜上：为了万物更完满的完成。

而且为它与它的同类的缘故，我必须自己完成自己；因此，我现在逃避自己的幸福，把自己献给一切不幸——使我得到最后的考验和识别。

真的，是我离去的时候了；漫游者的阴影、最长久的时光和最寂静的时刻——一切都对我说："是至高的时候了！"

风从钥匙孔里向我吹来，并且说："来吧！"门狡诈地突兀弹开，并且说："去吧！"

但我被紧紧拴在对我的孩子们的爱上了；渴望，对于爱的渴望，已经为我设下了这个圈套，使我成了我的孩子们的猎物，因他们而失去了自己。

渴望——对我来说就是：失去了自己。我拥有你们，我的孩子们啊！这种拥有中，当有全部安全而全无渴望。

可是我的爱的太阳在我头上蒸晒，查拉图斯特拉在自己的汁液里煎熬[1]，——这时阴影和怀疑飞离了我。

我已经希求严寒和冬天了："呵，愿严寒和冬天重又使我碎裂和寒战吧！"我叹息道：——于是从我身上升起了冰冷的雾。

我的过去破碎了它的坟墓，许多被活埋的痛苦苏醒过来了——：它只是睡够了，隐藏在尸衣里。

于是一切都以象征来召唤我："是时候了！"——但我——没有听到：直到最后，我的深渊活动了，我的思想咬了我。

呵，深渊般的思想，你就是我的思想！何时我能获得一种强

---

[1] 可是我的爱的太阳……] 参看《狄奥尼索斯颂歌》，"最富有者的贫困"。——编注

力,去听你挖掘而不再战栗?

当我听你挖掘时,我的心跳到了喉咙上!你的沉默甚至要把我窒息,你这深渊般的沉默者啊!

我从来还不敢把你召唤上来:我携带着你,这就够了!我还不够强壮,还达不到最后的狮子的狂妄和恶意。

你的重量总是已经使我十分害怕了:但有朝一日,我还当获得强力,以及狮子的声音,把你召唤上来!

如果我已经在这方面克服了自己,那么我也要在更伟大的事情上克服自己;而且一种胜利当成为我的完成之印记!——

在此期间,我仍然漂浮于不定的大海;偶然性迎合着我,那阿谀巴结的偶然性;我前瞻后望——,依然看不到尽头。

我最后战斗的时刻还没有到来,——抑或它正好就要到来了么?真的,周围的大海和生命带着险恶的美观看着我!

呵,我生命的下午!呵,黄昏前的幸福!呵,大海上的港口!呵,不确定中的和平!我是多么不相信你们全体啊!

真的,我怀疑你们的险恶的美!我犹如情人一般,怀疑太过柔媚的笑。

正如这嫉妒者推开自己的最爱者,温柔而严厉——,我也如是推开这个幸福的时刻。

离去吧,你幸福的时刻!与你一道我得到了一种违愿的福乐!我站在这里,乐意于我最深刻的痛苦:——你来得不是时候啊!

离去吧,你幸福的时刻!宁可在那儿取得寄宿之所——在我的孩子们那里!快啊!而且要在黄昏前以我的幸福祝福他们!

黄昏已然近了：太阳沉落了。[1]去吧——我的幸福！——

查拉图斯特拉如是说。而且他通宵等着他的不幸：但他徒然地等着。夜依然明澈而寂静，而幸福本身离他越来越近了。但在黎明时分，查拉图斯特拉对自己的心灵笑了，嘲讽地说："幸福追求着我。这是因为我不追求女人。而幸福就是一个女人。"

*
*　　*

1　太阳沉落了］参看《狄奥尼索斯颂歌》。——编注

日出之前[1]

呵,我头上的天空啊,你这纯洁者!深邃者!你这光之深渊啊!望着你,我由于神性的欲望而不寒而栗。

把我抛到你的高度——那是我的深邃!把我庇藏于你的纯洁中——那是我的天真无邪!

上帝为自己的美所掩饰:你也如此把你的星辰遮蔽起来。你不说话:你就这样向我昭示你的智慧。

今天你默然无声地为我升起在汹涌的大海上,你的爱和你的羞愧讲出了对我汹涌的灵魂的启示。

你曼妙地向我走来,掩蔽于你的美中,你默然无声地对我说话,敞然显明你的智慧:

呵,何以我没有猜到你的灵魂的全部羞愧!在太阳之前,你已经向我走来了,我这个最孤独者。

我们从一开始就是朋友:我们有着共同的忧伤、恐惧和根基;即便太阳也是我们所共有的。

我们彼此不说话,因为我们知道得太多了——:我们默然相

---

[1] 选自尼采:《查拉图斯特拉如是说》第三部。——编译注

对，我们笑对我们的知识。

难道你不是我的火之光吗？难道你不是我的见识的姊妹灵魂吗？

我们曾一起学习过一切；我们曾一起学习过上升，超出自己而达到自己，学习过灿烂地微笑：——

——自明亮的眼睛和遥远的远方，灿烂地向下微笑，如若在我们下面，强制、目的和罪责雨一般压抑着。

而我独自漫游：在黑夜和迷途中，我的灵魂渴望什么呢？如果我登山，那么我在山上寻找的不是你又是谁呢？

还有，我所有的漫游和登山：那只不过是一种急难，笨拙者的一种权宜之计：——我全部的意志意愿独自飞翔，飞到你里面去！

还有，比起浮动的云和把你玷污的一切，你更恨谁呢？而且我还恨我自己的憎恨，因为它把你玷污了！

我怨恨浮动的云，这些潜行的劫掠之猫：它们剥夺了你与我共有的东西，——那种巨大的无限的肯定和同意。

我们怨恨这些中间者和混合者，这些浮动的云：这些半拉子的货色，它们既没有学会祝福，也没有学会从根本上诅咒。

我宁愿依然在锁闭的天空下，蹲在桶里，宁愿蹲在深渊里不见天日，也不愿看见你这光之天空为浮云所玷污！

而且我经常要求用锯齿形的闪电金线把它们系住，使得我能够像打雷一样在它们的锅腹上击鼓：——

——一个愤怒的击鼓者，因为它们从我这里劫掠了你的"肯定！"和"同意！"，我头上的天空，你这纯洁者！光明者！你这光之深渊啊！——因为它们从你那里劫掠了我的"肯定！"和

"同意！"。

因为我宁愿要喧闹、雷声和风暴之咒语，也不要这种谨慎的、怀疑的猫之安静；而且即便在人类中间，我也最恨所有唯唯诺诺者、半拉子，以及怀疑的、踌躇的浮云。

而且，"谁不能祝福，他就该学会诅咒！"——这清晰的教导从明亮的天空落到我身上，这个星球即便在黑夜里也依然在我的天上。

然则我是一个祝福者和一个肯定者，如果你只是围绕着我，你这纯洁者！光明者！你这光之深渊啊！——我于是还把我祝福的肯定带到所有深渊里。

我变成了一个祝福者和肯定者：而且为此我长久地奋斗，我曾是一个奋斗者，使我曾得以空出手来祝福。

而这就是我的祝福：高居于万物之上，成为万物自己的天空，成为万物的圆形屋顶，万物天蓝色的钟和永恒的安全。而且，如此祝福者也有福了！

因为万物都在永恒之源泉中受了洗礼，而且在善与恶的彼岸；但善与恶本身也只不过是短暂的阴影、潮湿的悲伤和浮云。

真的，那是一种祝福而不是一种亵渎，如果我说："万物之上有偶然之天，无邪之天，或然之天，放肆之天。"

"或然"——这是世上最古老的贵族，我把它还给了万物，我把万物从目的的奴役中解救出来了。[1]

---

1 参看《智慧书》第2章，第2行："我们或然地降生了。"——编注

当我宣扬说"万物之上和万物之中并没有一种'永恒的意志'——在意愿",我就把这种自由和天空之晴朗犹如天蓝色的钟置于万物之上了。

当我宣扬说"万物中有一件事是不可能的[1]——合理性",我就把这种放肆和这种愚蠢置于那种意志的位置上了!

诚然,一小点理性,一粒智慧的种子,散落于各星球之间,·——这种发酵剂被拌和在万物中了:为愚蠢之故,智慧被拌和在万物中了!

一小点智慧是已然可能的;但我在万物中发现了这种福乐的安全保证:它们宁愿依然以偶然性之足——舞蹈。

呵,我头上的天空啊!你这纯洁者!高空啊!现在于我,这就是你的纯洁,即没有一种永恒的理性蜘蛛和理性的蛛网:——

——在我看来,你是神性的偶然性的一个舞场,你是神性的骰子和骰子游戏者的一张神桌!——

然则你脸红了吗?是我说了什么说不出口的事吗?由于我意愿祝福你,反而亵渎了你?

抑或是因为我们成双而害羞,使你脸红么?——难道你叫我离去和沉默,因为现在——白昼到来了吗?

世界是深邃的——:而且比白昼所设想的更深邃。[2]并非一切都可以在白昼前说出来的。可白昼到了:现在让我们分手吧!

---

1 万物中有一件事是不可能的]参看《新约·马太福音》,第19章第26行。——编注
2 世界是深邃的———……]参看"另一支舞曲"。——编注

呵，我头上的天空，你这害羞者啊！灼热者！呵，你，我日出之前的幸福啊！白昼到了：现在让我们分手吧！——

查拉图斯特拉如是说。

     *
   *   *

返乡[1]

呵，孤独！孤独，我的故乡啊！我在荒野的异乡野蛮地生活得太久了，使得我未能泪流满面地返回你身旁！

现在你就只管用手指恐吓我吧，就像母亲的恐吓，现在你就对我微笑吧，就像母亲的微笑，现在你只管说："那是谁呢，那曾经像一阵暴风从我这里刮走的？"——

——那人在分离时叫喊：我与孤独相处得太久了，我于是忘掉了沉默！这个——现在你一定学会了吧？

呵，查拉图斯特拉，我明白一切：你在众人中间，是比在我这里更落寞的，你这孤独者啊！

落寞是一回事，孤独又是一回事：这个——你现在学会了！而且，在人群中间你将永远是狂野而陌生的：

——即便他们爱你，你也依然是狂野而陌生的：因为首要地，他们想要受到爱护！

但在这里，你就在自己的家里了；在这里，你可以说出一切，倾吐一切理由，在这里，隐藏的、执拗的情感都用不着害羞。

---

[1] 选自尼采：《查拉图斯特拉如是说》第三部。——编译注

在这里，万物皆亲热地归于你的话，谄媚于你：因为万物都想要骑在你背上。在这里，你可以骑着每一个比喻走向每一种真理。

在这里，你可以正直而坦率地对万物说话：而且真的，人们与万物——径直说话，在它们的耳朵听起来就像称赞了！

但落寞却是另一回事。因为，查拉图斯特拉呵，你还记得吗？当时你的鹰在你头上啼叫，你站在树林里，拿不定主意，不知道何去何从，挨着一具尸体：——

——当时你说：让我的动物们来引导我吧！我觉得，在人类中间比在动物们中间更危险：——这就是落寞！[1]

查拉图斯特拉呵，你还记得吗？当时你坐在你的岛上，在空桶中间有一个酒泉，在给予和分发，在焦渴者当中赠予和斟酒：

——直到你最后焦渴地独自坐在醉汉中间，发出黑夜的悲叹："取不是比予更有福吗？偷不是比取更有福吗？"——这就是落寞！[2]

查拉图斯特拉呵，你还记得吗？当时你最寂静的时刻到来，而且把你从你自己那里赶走，当时它恶意的耳语说："说吧，而且打碎吧！"——[3]

——当时它使你厌烦于你所有的期待和沉默，使你屈从的勇气沮丧：这就是落寞！——

---

1 但落寞却是另一回事……] 参看《查拉图斯特拉如是说》第一部，序言第10节。——编注
2 ——直到你最后焦渴地……] 参看《查拉图斯特拉如是说》第二部，"夜歌"。——编注
3 查拉图斯特拉呵，你还……] 参看《查拉图斯特拉如是说》第二部，"最寂静的时刻"。——编注

呵，孤独！孤独，我的故乡啊！你的声音多么幸福而温柔地对我说话！

我们并不相互责问，我们并不相互抱怨，我们相互坦然，走过敞开的门扉。

因为你那里一切皆敞开而明亮；甚至时光在此也跑得更轻盈。因为在黑暗中，人们负担的时间比在光明中更沉重！

在这里，一切存在的言语和言语之圣龛都为我豁然洞开：在这里，一切存在都要成为言语，在这里，一切生成都要向我学习说话。

但在那底下——那儿一切话语皆徒然！那儿遗忘和离弃就是最佳的智慧：这个——我现在已经学会！

谁想要理解人类的一切，就必须抓住一切。但要做到这一点，我的手是太干净了。

我已然不喜欢呼吸他们的气息；呵，我竟在他们的喧闹和恶俗气息中生活了那么久！

呵，我周围幸福的寂静！呵，我周围纯洁的气息！呵，这种寂静怎样从深邃的胸怀里呼吸纯洁的气息！呵，这幸福的寂静要怎样倾听！

但在那底下——那儿一切都在说话，那儿一切都无人理会。人们喜欢用钟声宣告自己的智慧：而市场上的小商贩将用铜钱的响声来淹没这智慧的钟声！

在他们那里一切都在说话，再也没有人懂得如何去理解。一切都掉到水里，再也没有什么落到幽深的井泉里。

在他们那里一切都在说话，再也没有什么能成功达到终点。一切皆发出咯咯叫声，但谁还愿意安坐窝里孵蛋呢？

在他们那里一切都在说话，一切都被说破了。而且，昨天对时间本身及其牙齿来说依然过于坚硬的东西：到今天皆已嚼碎和咬烂了，悬挂在今日人们的嘴巴上。

在他们那里一切都在说话，一切都被泄露了。而且，从前被叫作神秘和深邃灵魂之秘密的东西，今天都归于街上吹喇叭者和其他轻佻蝴蝶了。

呵，你这奇异的人类！你这昏暗街巷里的喧闹！现在你又在我背后：——我最大的危险隐伏在我背后了！

在爱护和同情中总是隐伏了我最大的危险；而且一切人类都意愿受到爱护和同情。

怀着压抑的真理，以傻子之手和痴迷之心灵，富于小小的同情谎言：——我总是这样生活在人类中间。

我乔装坐在他们中间，准备好把自己错认，使得我能容忍他们，而且愿意劝说自己："你这傻子，你不知道人类！"

如果人们生活在人类中间，人们就荒废了对人类的认识：所有人类身上皆有太多的表面景象，——那高瞻远瞩的目光在此能看到什么啊！

而且，如果他们错认了我：我这个傻子爱护他们甚于爱护我自己，习惯于严厉地对待自己，还常常为了这种爱护而报复我自己。

为毒蝇所蜇，而且犹如石头为大量恶之雨滴所掏空，我就这样坐在他们中间，依然劝说我自己："一切渺小之物因其渺小都是无辜的!"

尤其是那些自诩为"善人"的人们,我发现他们是最毒的苍蝇:他们毫无恶意地蜇人,他们毫无恶意地撒谎;他们如何能够做到公正地——对我!

谁生活在善人们中间,同情就会教他撒谎。同情为所有自由的灵魂制造出沉闷的空气。因为善人们的愚蠢是深不可测的。[1]

隐藏我自己和我的财富——这是我在那下面学到的:因为我发现每个人都精神贫乏。说我知道每个人,此乃我的同情的谎言。

——我在每个人身上看到和嗅到,什么对他来说是精神充足,什么对他来说已经是精神过多了!

他们的呆板的智者:我称他们为智慧的,而非呆板的,——于是我学会了含糊其辞。他们的掘墓者:我称他们为研究者和考验者,——于是我学会了穿凿附会。

掘墓者为自己掘出了疾病。在陈旧的废墟下堆积着恶臭。人不该接触泥潭。人当在高山上生活。

我重又用幸福的鼻孔呼吸高山上的自由空气!我的鼻子终于摆脱了一切人类的气息!

为凛冽的山风所激发,犹如畅饮起泡的美酒,我的灵魂打喷嚏了,——打着喷嚏而且向自己欢呼:祝你健康!

---

[1] 因为善人们的愚蠢是……]参看《查拉图斯特拉如是说》第三部,"旧牌与新牌"。——编注

查拉图斯特拉如是说。

*
* *

重力的精神[1]

一

我的嘴——是民众的嘴：对于丝绸一般的兔子，我的话讲得太过粗糙而真挚。对于所有墨鱼和笔狐，我的话语听起来更是陌生了。

我的手——是一只傻子之手：不幸啊，所有的桌子和墙壁，以及还为傻子的装饰和涂鸦留下场所的地方！

我的脚——是一只马脚；我因此踢踢踏踏地小跑，越过种种障碍，驰骋田野，由于乐于种种快跑而发了疯。

我的胃——难道真的是一只鹰的胃吗？因为它最喜欢吃羔羊之肉。而无疑地，它是一只鸟的胃。

以无辜的东西为食，而且以少量乐意急切地飞翔和飞离的东西为食——现在这就是我的本性：其中何以不会有某种飞鸟的本性呢！

尤其是，我仇视重力的精神，此即飞鸟的本性：而且真的，是不共戴天的固有的仇视！呵，我的敌意不是已经飞往什么地方而且

---

[1] 选自尼采：《查拉图斯特拉如是说》第三部。——编译注

已经迷失了嘛!

对此我已然能够唱一支歌了——而且也意愿唱一支歌:尽管我独守空房,不得不为自己的耳朵歌唱。

诚然也有别的歌者,唯满堂听众方能使他们歌喉柔和,手势活泼,眼睛富有表情,心灵清醒:——我却与他们不一样。——

二

谁若有一天教人飞翔,他就移去了所有的界石;所有界石本身都会爆炸,飞入空中,他将重新为大地起名——名之为"轻盈者"。

鸵鸟跑得比最迅捷的奔马还要快了,但连它也还重重地把头藏到沉重的大地之中:还不能飞翔的人也是如此。

大地和生命对于他来说是沉重的;而且,重力的精神就是这样意愿的!但谁若意愿成为轻盈的,成为一只飞鸟,他就必须爱自己:——我如是教导。

当然不是以患病者和有瘾者的爱:因为在他们身上连自爱也发臭!

人们必须学会爱自己——我如是教导——以一种完好而健康的爱:人们才能坚守自己,而不至于四处游走。

这样一种四处游走自命为"博爱":以此说辞,人们一直以来都造了最佳的谎言和伪装,尤其是由那些令人人都感到痛苦的人们造的谎言和伪装。

而且真的，学会自爱，这绝不是对于今日和明日的信条。而毋宁说，在一切艺术中，这乃是最精细、最巧妙、最终极和最坚忍的艺术。

因为对于其占有者，一切所有物都是藏好了的；而且在一切宝藏发掘中，自己的宝藏要到最后被发掘出来，——重力的精神就是这样搞的。

差不多还在摇篮里，人们便给了我们沉重的话语和价值："善的"与"恶的"——这份嫁妆就是这样被称呼的。因为它的缘故，人们宽恕了我们的生活。

而且为此人们就让小孩子们到自己这儿来，偶尔也阻止他们爱自己：重力的精神就是这样搞的。[1]

而我们——我们忠实地把人们给我们的东西扛在坚硬的双肩上，穿越荒凉的群山！如果我们流汗了，人们就会对我们说："是呀，生命是难以承担的！"

然而唯有人类自身是难以承担的！这是因为，人类把太多的外来异己之物扛在肩上。人类犹如骆驼一般跪下，让自己满满地承载。[2]

尤其是那坚强的、能负重的人，他心存敬畏：他承荷了太多外来的沉重的言语和价值，——于是他以为生命就是一片沙漠！

而且真的！甚至许多本己的东西也是难以承担的！还有，人

---

[1] 而且为此人们就让……] 参看《新约·马太福音》，第19章第14行。——编注
[2] 然而唯有人类自身……] 参看《查拉图斯特拉如是说》第一部，"三种变形"。——编注

类身上许多内在的东西也如同牡蛎一般,相当可恶而滑溜,难以把捉——,

——以至于必须有一种名贵的外壳以名贵的装饰为之说情。但这种艺术也是人们必须学习的:要拥有外壳、美的外表和聪明的盲目![1]

再者,关于人类身上的许多东西是有欺骗性的,诸如许多外壳太微小、太可怜,过于成为外壳了。许多隐蔽的善和力是永远不会被猜透的;最珍贵的佳肴找不到品味者!

女人当中最珍贵者知道这一点:少一点点肥,少一点点瘦——呵,多少命运就系于那么一点点啊!

人是难以发现的,最难以发现自己;精神常常欺骗灵魂。重力的精神就是这样搞的。

然而那个人却发现了自己,他说:这是我的善与恶。因此他就使鼹鼠和侏儒默然无声了,后者说:"善是大家的,恶是大家的。"

真的,我也不喜欢这样一种人,他们把每个事物都叫作善的,甚至把这个世界叫作至善的世界。我把这种人称为普遍满足者。

普遍满足,懂得品味一切:这并不是最佳的口味!我敬重那些倔强而挑剔的舌头和肠胃,它们学会了说"我",说"是"和"否"。

但咀嚼和消化一切——此乃猪的真正本性!总是说"是呀"

---

[1] ——以至于必须有……]参看《查拉图斯特拉如是说》第二部,"人类的聪明"。——编注

（I-a）——这是只有驴子以及具有驴子精神者才学得会的！——

深黄和火红：我的趣味如是要求，——它把血掺入一切色彩中。但谁若把房子刷成白色，他就向我显露了一个刷白的灵魂。[1]

有些人爱木乃伊，另一些人爱鬼魂；两者同样都仇视一切肉和血——呵，两者多么违背我的趣味啊！因为我爱血。

而且，我不愿居住和逗留在人人唾弃和吐痰的地方：现在这就是我的趣味，——我宁愿生活在盗贼和伪证者当中。没有人嘴里含着金子。

但更让我厌恶的却是一切马屁精；而且，我所发现的人类中最可恶的动物，我名之为寄生虫：它不愿爱，却要以爱为生。

所有只有一种选择的人们，我都称之为不幸：要么变成恶的兽，要么变成恶的驯兽者，我不会在这种人旁边造我的小屋。[2]

那些必须永远等待的人们，我也称之为不幸，——他们都违背我的趣味：所有税吏、商贩、皇帝以及其他地主和店主。

真的，我也学会了等待，而且彻底地，——但只是对我自己的等待。而且首要地，我也学会了站、走、跑、跳、攀登和舞蹈。

而这就是我的教导：谁若有一天想要学会飞翔，他就必须首先学会站、走、跑、攀登和舞蹈——人们不能通过飞行而达到飞翔！

我学会了用绳梯登上许多窗户，用敏捷的腿登上高高的桅杆：坐在高高的知识桅杆上，我以为并非一种微末的幸福，——

---

1 但谁若把房子刷成……］参看《新约·马太福音》，第23章第27行。——编注
2 造我的小屋］参看《新约·马太福音》，第17章第4行。——编注

——犹如小小的火焰在高高的桅杆上闪烁不定:虽然是一点小小的光亮,但对于流落的水手和船破落水者来说,却是一大安慰!——[1]

以各种各样的道路和方式,我达到了自己的真理;并不是由一个唯一的梯子,我登上能让我的眼睛远望的高处。

而且,我始终只是不愿问路,——这是永远违背我的趣味的!我宁愿问路本身,试探路本身。

我所有的行进都是一种试探和追问:——而且真的,人们必须学会回答这样一种追问!而这——就是我的趣味:

——不是好趣味,不是坏趣味,而是我的趣味,对此我既不复有羞愧,也不复有隐讳了。

"这——现在就是我的道路——你们的道路在哪里呢?"我这样来回答那些向我"问路"者。因为这条道路——原是不存在的!

查拉图斯特拉如是说。

*
* *

---

1 ——犹如小小的火焰……] 参看《狄奥尼索斯颂歌》,"火的信号"。——编注

大渴望[1、2]

呵，我的灵魂，我已教你说"今日"犹如说"往后"和"往昔"，教你跳自己的圆舞，超越所有的"这里""那里"和"远处"。

呵，我的灵魂，我把你从所有角落里救了出来，我掸去了你身上的灰尘、蛛网和晦暗。

呵，我的灵魂，我洗刷了你那小小的羞怯和角落里的德性，并且劝告你赤裸裸地站立在太阳眼前。

以那种被叫作"精神"的风暴，我刮过你那波涛汹涌的大海；我吹散了所有云雾，我甚至扼杀了那个被叫作"罪恶"的扼杀者。

呵，我的灵魂，我已赋予你一种权利，像风暴一样去否定，像敞开的天空一样去肯定：此刻你犹如阳光安静地站立，穿越否定的风暴。

---

1 选自尼采：《查拉图斯特拉如是说》第三部。——编译注
2 誊清稿中的标题为"阿里阿德涅"。对此要注意："七个印记"第三节原本有个标题"狄奥尼索斯"。有关阿里阿德涅＝查拉图斯特拉的灵魂，参看科利版第10卷，13[1]，第433页，第16—18行：坐在一头老虎身上的狄奥尼索斯：一只山羊的脑袋；一只豹。阿里阿德涅梦想着："为灵魂所离弃，我梦想着超英雄。"完全隐瞒狄奥尼索斯！这里也可参看《查拉图斯特拉如是说》第二部，"崇高者"。——编注

呵，我的灵魂，我已还给你自由，那种超出被创造者和未被创造者的自由：而有谁能像你一样，知道未来者的欢乐呢？

呵，我的灵魂，我已经教给你轻蔑，这轻蔑之到来并不是像蠕虫的啃啮；我已经教给你伟大的轻蔑，爱的轻蔑，它最轻蔑时爱得最深。

呵，我的灵魂，我已教给你如此这般去劝说，使得你能说服各种理由本身都归于你：有如太阳，甚至说服大海达到它的高度。

呵，我的灵魂，我已取走了你身上所有的服从、屈膝和效忠；我赋予你本身以"困厄的转机"和"命运"之名。

呵，我的灵魂，我给了你一些新的名称和彩色的玩具，我曾把你叫作"命运""范围中的范围""时间的脐带"和"蔚蓝色的钟"。

呵，我的灵魂，我给了你的国度所有畅饮的智慧，所有的新酒，也包括所有远古的强烈的智慧之美酒。

呵，我的灵魂，我把每一缕阳光、每一个黑夜、每一种沉默和每一种渴望都倾注于你了：——于是你就像一棵葡萄树为我生长起来。

呵，我的灵魂，现在你饱满而沉沉地挺立在那儿了，犹如一棵葡萄树，有着丰满的乳房和密密的紫金色葡萄：——

——为你的幸福所充满和挤压，因为丰盈而等待着，而且依然羞于你的等待。

呵，我的灵魂，现在无论在哪里都没有一个灵魂，比你更挚爱、更包容和更博大了！未来与过去在哪里能更紧密地接合，胜过在你这儿呢?

呵,我的灵魂,我已把一切都给了你,我的双手因为你而空空如也:——而现在!现在你满怀忧郁,微笑着对我说:"我俩当中谁该感谢?——

——难道给予者不该感谢接受者的接受吗?赠予不就是一种必需吗?而接受不就是——一种怜悯吗?"——

呵,我的灵魂,我懂得你忧郁的微笑:你的丰裕本身现在伸出了渴望的双手!

你的充沛望着汹涌的大海,寻求和等待着;从你微笑的眼睛之天空中扑闪着那种过于充沛的渴望!

而且真的,我的灵魂呵!有谁看到你的微笑而不会心软,不会泪流满面?就是天使们也会因为你过于善良的微笑而泪流满面。

你的善良和过于善良,是不想要哀怨和哭泣的:然则我的灵魂呵,你的微笑却渴望着流泪,你颤动的嘴唇也渴望着啜泣。

"难道一切哭泣不就是一种哀怨么?而一切哀怨不就是一种控诉么?"你对自己如是说,而且因此之故,我的灵魂呵,你宁愿微笑,而不是倾吐你的痛苦。

——不是以涌出的泪水来倾吐你全部的痛苦,有关你的充沛,有关葡萄树对于葡萄种植者以及收割刀的全部渴求!

但如果你不想哭,不愿哭诉你那紫色的忧郁,那么你就必须歌唱,我的灵魂呵!——看哪,我自己也笑了,向你预告这等事情的我:

——歌唱,以怒吼的歌声,直到所有大海平静下来,都来倾听你的渴望，——

——直到小船飘荡于平静的、渴望的大海上，那金色的奇妙小船，而一切善的、恶的奇妙事物都围绕着这金色蹦跳：——

——还有许多大大小小的动物，以及有着轻盈的奇妙之足，从而能够在紫罗兰色的小路上飞跑的一切，——

——跑向那金色的奇妙之物，那自愿的小船及其主人；而这就是带着金钢剪刀等着收割的葡萄农，——

——你的大救主，我的灵魂呵，这无名者——唯对于未来的歌曲，方才找得到名称！而且真的，你的呼吸已然散发出未来的歌曲的芳香，——

——你已经在燃烧和梦想，已经在饥渴地畅饮所有深深的、响亮的安慰之泉，你的忧郁已然偃息于未来之歌的幸福里！——

呵，我的灵魂，现在我已把一切都给了你，包括我最后的所有，我的双手因为你而空空如也：——我叫你歌唱，看哪，这就是我最后的所有！

我叫你歌唱，于是你说，你说吧：现在我俩当中谁该——感谢呢？——而更好的说法是：歌唱，为我歌唱吧，我的灵魂呵！而且让我来感谢！——

查拉图斯特拉如是说道。

*
* *

另一支舞曲[1、2]

一

"新近我曾盯着你的眼，呵，生命：我看到在你的夜眼里金光闪闪，——因为这种快乐，我的心宁静了：

——我看见了一只金色小船在黑夜的水上闪光，一只正在沉落、吸水又暗示着的金色摇船！

你向我那跳舞狂的脚投来一瞥，微笑的、疑问的、温存的悠悠一瞥。

你用小手只拍了两下掌——我的脚就已经因为跳舞狂的冲动而摇动起来了。——

我的脚后跟翘起来，我的脚趾在谛听，想要弄懂你：难道舞者不是把自己的耳朵搬到了——脚趾上！[3]

我向你跳过去：你躲开了我这一跳；而你飞扬的散发朝着我

---

1 选自尼采：《查拉图斯特拉如是说》第三部。——编译注
2 誊清稿中的标题：Vita femina［女人生命］。——另一支舞曲。——编注
3 难道舞者不是把……］参看《查拉图斯特拉如是说》第二部"坟墓之歌"的异文。——编注

飘动!

我从你这儿跳开了,跳开了你的长蛇:你已然站在那儿,半转身,眼里满是期望。

以扭曲的目光——你教我曲折的道路;在曲折的道路上,我的脚学会了——种种诡计!

我怕你临近,我爱你疏远;你的逃遁引诱着我,你的寻求使我停滞:——我受苦,但为了你,什么是我不愿忍受的呢!

为了你,你的冷酷令人振奋,你的仇恨令人迷惑,你的逃遁给人束缚,你的讥嘲——令人感动:

——谁不曾仇恨过你呵,你这个伟大的束缚者、缠绕者、诱惑者、寻求者、发现者!谁不曾爱过你呵,你这个天真的、焦躁的、急如狂风而眼如婴孩的罪人!

你现在要把我引向何方呢,你这极端而顽皮者?而现在你又逃避我,你这甜蜜的顽童和不知感谢的!

我随你起舞,我甚至循着一点点足迹跟随你。你在哪里?把手伸给我吧!或者哪怕只是一个手指!

这里都是洞穴和丛林:我们会迷路的!——停住!站着别动!你没有看到猫头鹰和蝙蝠飞过吗?

你这猫头鹰!你这蝙蝠!你们想愚弄我吗?我们在哪里?你已经从狗那里学会了这种吼叫和狂吠。

你用白白的细牙亲热地对我咧嘴,你那恶意的眼睛在鬈曲的细毛下向我喷射!

这是一种越过种种障碍的舞蹈:我是猎人,——你愿意成为我的猎犬或者我的羚羊吗？

现在就在我身旁！快啊，你这凶恶的跳跃者！现在上来吧！而且跳过去！——哎呀！我自己在跳跃时跌倒了！

呵，你这狂妄者，看我躺着，而且乞求恩赐！我喜欢与你一道——走上更可爱的小路！

——爱之小路，穿过寂静的绚丽的丛林！抑或沿着那湖边：金鱼在那里漂游欢跳！

你现在疲倦了？那边有羊群和晚霞：伴着牧羊人的笛声安睡，岂不美妙？

你真的非常疲倦了吗？我背你去，你只垂下手臂就是了！而且你口渴了，——我倒是有点东西，但你的嘴不想喝它的！——

——呵，这受诅咒的、灵活而敏捷的长蛇和潜藏的女巫！你去哪里了？但我感到脸上有你的两个手印和红斑！

我真的已经厌倦了，不想总是做你勤劳的牧羊人了！你这女巫呵，如果我一直都为你歌唱，那么现在，你就该为我——叫喊了！

你应当按照我的鞭子的节拍，为我舞蹈，为我叫喊！我可没有忘掉带鞭子吧？——没有！"——

*
*　　*

二

这时生命如是回答我，同时捂着自己小巧的耳朵：

"查拉图斯特拉呵!不要把你的鞭子拍打得如此可怕嘛!你一定知道的:喧闹扼杀思想[1],——而我刚刚得着了十分温柔的思想呢。

我们两人是真正的既不为善也不为恶的人。在善与恶的彼岸,我们找到了我们的岛屿和我们的绿草地——只有我们俩!因此我们就必须相互友好嘛!

而且,即便我们并没有打心眼里相爱——,难道如果人们不是彻底相爱,就必须相互怨恨吗?

我好生待你,而且往往是待你太好了,这你是知道的:个中原因在于,我嫉妒你的智慧。这个疯狂的老傻瓜,智慧啊!

一旦你的智慧离你而去,呵!我的爱也会迅速离你而去。"——

于是,生命若有所思地望了身后和周围,轻声说道:"查拉图斯特拉呵,你对我不够忠诚!

你早就不像你所讲的那样爱我了;我知道,你正想着要快快离开我呢。

有一口古老的、重而又重的洪钟:它在夜里嗡嗡作响,一直传到你的洞穴上:——

——如果你听到这口钟在午夜敲响了,你就在一响与十二响之间想到这事——

——你想到这事,查拉图斯特拉呵,我知道,你是想快快离

---

1 喧闹扼杀思想]类似于叔本华:《补遗》第2卷,第XXX章,"论喧闹与噪声"。——编注

开我！"——

"是的，"我不无迟疑地答道，"但你也知道——"我在它[1]耳边说了一些话，在它那乱乱的、黄黄的、傻傻的发绺中间。

呵，查拉图斯特拉，你知道这个吗？没人知道。——

我们相互注视，望着那凉夜刚刚降临的绿草地，一起哭了起来。——但当时，生命于我是更可爱的，胜于我所有的智慧。——

查拉图斯特拉如是说。

*
*　　　*

三

一！[2]

呵，人类！留神啊！

二！

幽深的午夜在诉说什么？

三！

"我睡着了，我睡着了——，

1　从上下文看，此处"它"应指上面讲的"洪钟"。——译注
2　此处数字"一"至"十二"应指上述夜半钟声的十二响。——译注

四!
"我从深沉的梦乡中惊醒了:——

五!
"世界是深沉的,

六!
"而且比白天所想的更深沉。

七!
"它的痛苦是深沉的——,

八!
"快乐——比心痛更深沉:

九!
"痛苦说:消逝吧!

十!
"而所有快乐却都想要永恒——,

十一!
"——想要深而又深的永恒!

十二!

*
* *

七个印记[1]
（或：肯定和阿门之歌）[2]

一

如若我是一个预言家[3]，充满了那种预言的精神，那种游走于两海之间的高山之上的预言精神，——

作为沉重的云在过去与未来之间游走，——敌视那些温热的洼地，以及一切疲倦的、既不能死又不能生的东西：

准备好在黑暗的怀抱中闪光，发出救赎的光芒，孕育了说"是呀"和笑"是呀"的闪电，准备好了预言的光芒：——

——然而，如此这般孕育者是有福了！而且真的，谁有朝一日要点燃未来之光明，他就必须作为重重的风雨久久地盘桓于山间！——

哦，我怎能不为永恒、不为婚礼般的环中之环而热血沸

---

[1] 选自尼采：《查拉图斯特拉如是说》第三部。——编译注
[2] 准备稿中的标题为"加印封严"。进一步的标题：肯定和阿门。有关"七个印记"的表达，可参看《新约·启示录》，第5章第1行；关于"肯定和阿门"，同样可参看《新约·启示录》，第1章第7行。——编注
[3] 如若我是一个预言家］参看《新约·哥林多前书》，第13章第2行。——编注

腾，——那轮回之环！

除了我爱的这个女人，我还从来没有找到过一个女人，是我想要跟她生小孩的：因为我爱你，永恒啊！

因为我爱你，永恒啊！[1]

*
*　　　*

二

如果我的愤怒曾破碎了坟墓，移走了界石，使老牌子破碎后滚入陡峭的深谷：

如果我的嘲讽曾吹散了腐朽的辞藻，而且我就像一把扫帚袭向十字蜘蛛，作为狂风横扫古老而沉闷的墓穴：

如果我曾欢欣地坐在古老诸神葬身的地方，在古老的世界诽谤者身旁祈祷着世界，热爱着世界：——

——因为即便是教堂和上帝之墓也是我所爱的，如果只有天空以纯净的眼睛望穿了它们的破屋顶；我喜欢像青草和红罂粟一般坐在颓败的教堂上——

哦，我怎能不为永恒、不为婚礼般的环中之环而热血沸腾，——那轮回之环！

除了我爱的这个女人，我还从来没有找到过一个女人，是我想

---

[1] 《狄奥尼索斯颂歌》中"荣耀与永恒"一章之结尾也是如此。——编注

要跟她生小孩的：因为我爱你，永恒啊！

因为我爱你，永恒啊！

*
*　　　*

三

如果我曾领受一种气息，来自那创造的气息，也来自那甚至要迫使偶然性跳起星之舞的天国之必需：

如果我曾随创造之闪电的笑声而大笑，而行动的长雷隆隆作响，但却驯服地跟随着这闪电：

如果我曾在大地的神桌上与诸神掷骰子，使得大地震动，分崩离析，喷出火流：——

——因为大地就是一张神桌，由于创造性的新言辞和诸神的投骰而颤抖不已：——

哦，我怎能不为永恒、不为婚礼般的环中之环而热血沸腾，——那轮回之环！

除了我爱的这个女人，我还从来没有找到过一个女人，是我想要跟她生小孩的：因为我爱你，永恒啊！

因为我爱你，永恒啊！

*
*　　　*

四

如果我曾从那完全混合了万物的起泡的调味壶和搅拌壶中,喝下了满满一口:

如果我的手曾把最遥远之物倾注于最切近之物,把火倾注于精神,把快乐倾注于痛苦,把至恶之物倾注于至善之物:

如果我自己就是那种救赎之真盐[1]中的一粒,而这盐使万物能在调味壶中得到完全混合:——

——因为有一种盐能把善与恶结合起来;即使至恶之物,也值得用于调味和最后的溢泡:——

哦,我怎能不为永恒、不为婚礼般的环中之环而热血沸腾,——那轮回之环!

除了我爱的这个女人,我还从来没有找到过一个女人,是我想要跟她生小孩的:因为我爱你,永恒啊!

因为我爱你,永恒啊!

*
*　　*

五

如果我喜爱大海,以及一切具有大海本性的东西,而且当大海

---

[1] 真盐]参看《新约·马太福音》,第5章第13行。——编注

愤怒地背逆我时,我还最为喜爱之:

如果那种寻求的快乐就在我内心,它向未发现之物扬帆驶去,如果我的快乐中有一种航海者的快乐:

如果我的欢欣曾呼叫:"海岸消失了,——现在我掉了最后的锁链——

——无际的汪洋在我四周汹涌,时间和空间则远远地向我发出光芒,好吧!来吧!衰老的心呵!"——

哦,我怎能不为永恒、不为婚礼般的环中之环而热血沸腾,——那轮回之环!

除了我爱的这个女人,我还从来没有找到过一个女人,是我想要跟她生小孩的:因为我爱你,永恒啊!

因为我爱你,永恒啊!

*
*　　　*

六

如果我的德性是一个舞者的德性,而且我常常双足跳入金玉般的狂喜之中:

如果我的恶毒是一种微笑的恶毒,安居于玫瑰花盛开的山坡和百合花飘香的灌木丛中:

——因为在笑声中并存着所有的恶,却通过自己的极乐而得到圣化和赦罪:——

而且，如果我的关键就在于，一切重者都要变轻，一切身体都要变成舞者，一切精神都要化为飞鸟：而且真的，这就是我的关键所在！——¹

哦，我怎能不为永恒、不为婚礼般的环中之环而热血沸腾，——那轮回之环！

除了我爱的这个女人，我还从来没有找到过一个女人，是我想要跟她生小孩的：因为我爱你，永恒啊！

因为我爱你，永恒啊！

*
*　　*

七

如果我曾在自己头上撑开一片宁静的天空，用自己的翅膀飞翔于自己的天空：

如果我曾游戏着在深深的光明之远方漂浮，而且我的自由得了飞鸟的智慧：——

——而飞鸟的智慧却如是说："看哪，没有上面，没有下面！把你投向周围，投出去，又投回来吧，你这轻盈者！歌唱吧！别再说了！²

1　参看《新约·启示录》，第1章第8行以及各处。——编注
2　——而飞鸟的智慧……] 参看《查拉图斯特拉如是说》第三部，"重力的精神"。——编注

——难道所有言辞不都是为沉重者而设的么?难道所有言辞不都在欺骗轻盈者么?歌唱吧!别再说了!"——

哦,我怎能不为永恒、不为婚礼般的环中之环而热血沸腾,——那轮回之环!

除了我爱的这个女人,我还从来没有找到过一个女人,是我想要跟她生小孩的:因为我爱你,永恒啊!

因为我爱你,永恒啊!

*

* *

正午[1]

——查拉图斯特拉跑啊跑,再也没有找到任何人,他孤单一人,总是一再寻觅自己,享受和啜饮自己的孤独,想念着美好的事物,——长达数小时之久。而在正午时分,太阳正好照在查拉图斯特拉头上,他经过一棵弯曲多节的古树,这棵树为一株葡萄藤的浓浓爱意所拥抱,把自己隐藏起来了:上面挂满了金黄色的葡萄,迎候着这位漫游者。于是他突然想要解除一点干渴,为自己摘一串葡萄吃;而当他伸手去摘时,他更想要某个别的东西了:就是想在树旁躺下来,在这完满的正午睡上一觉。

查拉图斯特拉这样做了;而他一躺到地上,在缤纷绿地的宁静和隐秘中,他也就忘掉了自己的那一点干渴,睡着了。因为,正如查拉图斯特拉那句格言所讲的:"有一事比另一事更必不可少。"[2]只不过他的眼睛依然睁着:——因为它们毫不厌倦,观赏和赞美着这古树以及葡萄藤的爱意。但在睡眠中,查拉图斯特拉对自己的心灵

---

1 选自尼采:《查拉图斯特拉如是说》第四部。——编译注
2 "有一事比另一事更必不可少"]参看《新约·路加福音》,第10章第42行:"有一件事必不可少。"——编注

如是说：

安静！安静！世界不是正好变得完美了吗？我倒是怎么了啊？

就像一阵轻风，无迹可寻，在平静的大海上跳舞，轻柔地，羽毛一般轻柔：睡眠——也这样在我身上跳舞。

它[1]没有使我的眼睛闭拢，它使我的灵魂清醒。它是轻柔的，真的！羽毛一般轻柔。

它劝服我，我不知道怎样？它用讨好的手亲昵地抚摩我，它强迫我。是的，它强迫着我，使我的灵魂舒展开来：——

——我神奇的灵魂，它[2]变得多么持久和疲倦呵！夜晚恰好在第七天的正午向它走来了吗？它已经在美好和成熟的事物之间快乐地徜徉太久了吗？

它长长地伸展，长长地，——更长！它静躺着，我神奇的灵魂呵。它已经品尝了太多好东西，这种金色的悲哀压迫着它，它歪着嘴。

——就像一条船驶入最宁静的港湾：——它倦于漫长的航行和不定的大海，现在正要靠岸。陆地不是更忠实些么？

就像这样一条船靠近海岸，贴紧海岸：——这时只要有一只蜘蛛从岸上到船上织起它的丝就足够了。这时不需要更粗壮的缆绳。

就像这样一条疲惫的船停泊于最宁静的港湾：现在我也这样亲

---

1 此处"它"指"睡眠"。——译注
2 此处"它"指"我的灵魂"。——译注

近于大地，忠实、信赖、期待，用最轻柔的游丝与大地相联结。

呵，幸福！呵，幸福！你想要歌唱吗，我的灵魂？你躺在草地上。但这是隐秘而隆重的时刻，没有一个牧人在这时吹响笛子。

害怕吧！炎热的正午安睡于田野。不要歌唱！安静！世界是完美的。

不要歌唱，你这草地飞鸟，我的灵魂呵！甚至于不要低语！看哪——安静！古老的正午睡着了，它蠕动着嘴唇：它不是正在畅饮一滴幸福么——

——畅饮一滴古老的褐色的金色幸福、金色美酒？它倏忽掠过正午，正午的幸福笑了。如是——一位神灵笑了。安静！——

——"为要幸福，多么微末的一点就足以幸福了！"从前我曾如是说，而且自以为聪明了。但其实那是一种亵渎：现在我学会了这一点。聪明的傻子讲得更好。

恰恰最微末的、最轻柔的、最轻易的东西，一只蜥蜴的蠕动，一种气息，一阵轻拂，一道眼光——微末带来那种最佳的幸福。安静！

——我怎么了：听啊！时光已经飞逝了？我不是坠落了？听啊！我不是已经坠落——于永恒之泉中了？

——我怎么了？安静！它刺我——唉——刺入心灵了？刺入心灵！呵，粉碎吧，把心灵粉碎，在这种幸福之后，在这种刺痛之后！

——怎么？世界不是正好变得完美了吗？变成浑圆而成熟了？呵，那种金色浑圆的成熟——它飞往何方？让我来追赶它！快啊！

安静——（到这里，查拉图斯特拉伸展了一下四肢，感觉自己睡着了。）

"起来！"他对自己说，"你这睡眠者！你这午睡者呵！好吧，起来，你们这两条老腿呵！到时候了，甚至已经超时了，后面还有好几段路等着你们呢——

现在你们已经睡足了，睡了多久呢？半个永恒！好吧，现在起来，我年老的心灵呵！在这样的睡眠之后，你多久方能——醒来？"

（但这时他又重新入睡了，他的灵魂反对他，抵抗他，又躺了下去）——"让我休息！安静！世界不是正好变得完美了吗？那金色圆球的世界呵！"——

"起来！"查拉图斯特拉说，"你这小偷，你这个白日小偷！怎么？总还是伸腰、哈欠、叹息，掉落到深井里吗？

你究竟是谁啊！我的灵魂呵！"（这时他惊恐了，因为有一道阳光从天而降，落到他的脸上）

"我头上的苍天呀，"他叹息道，坐了起来，"你在注视我吗？你在聆听我神奇的灵魂吗？

你何时饮吸这滴落在大地万物之上的甘露呢，——你何时饮吸这神奇的灵魂——

——何时，永恒之源泉呵！你这欢快而可怖的正午之深渊！你何时把我的灵魂饮吸回去呢？"

查拉图斯特拉如是说，从树旁他躺卧处站了起来，犹如从一种奇异的酒醉中醒来：而且看哪，这时太阳依然直直地照在他的头顶上。而人们由此有理由相信，查拉图斯特拉当时没有长睡。

*
*　　　*

梦游者之歌[1]

一

而这当儿，客人们一个接着一个走了出去，来到野外，来到清凉而深沉的夜晚里；查拉图斯特拉本人则拉着那个最丑陋者的手，向他展示自己的夜晚世界，那一轮大大的满月和山洞旁银色的瀑布。最后他们静静地站在一起，纯属老迈之人，却有着一颗得到安慰的勇敢的心灵，惊奇于自己在世间竟是如此地适意；而夜晚的隐秘越来越切近于他们的心灵。查拉图斯特拉复又寻思："呵，这些高等人，他们现在多么令我喜欢啊！"——然而他并没有把这话说出来，因为他尊重他们的幸福和静默。——

但这时候，在这个令人惊奇的漫长日子里最令人惊奇的事情发生了：那个最丑陋的人又一次，也是最后一次发出咕噜声和喘息声，而当他终于说出话来时，看哪，竟从他口中完整而干净地蹦出了一个问题，一个深刻而清晰的好问题，一个令所有听者的心灵都真切地感动的问题。

"我的朋友们啊，"那个最丑陋的人说，"你们以为怎样？由于

---

[1] 选自尼采：《查拉图斯特拉如是说》第三部。——编译注

今天这个日子——我第一次感到满足,感到不虚此生了。

我见证了如此之多的东西,依然觉得不够。在大地上生活是值得的:与查拉图斯特拉在一起的一天,一个节日,教会了我,让我热爱这大地。

'这就是——生命吗?'我要对死亡说。'那好吧!再来一次!'[1]

我的朋友们啊,你们以为怎样?难道你们不想跟我一样对死亡说:这就是——生命吗?因为查拉图斯特拉的缘故,好吧!再来一次!"——

最丑陋的人如是说道;而这时已经快到午夜了。你们以为当时发生了什么事吗?那些高等人一听到他的问题,就一下子意识到了自己的变化和痊愈,并且知道了是谁给了他们这些:于是他们向查拉图斯特拉冲去,表示感谢、敬意、亲热,吻着他的手,以每个人特有的方式:有的人在笑,有的人在哭。而那个老预言家高兴得手舞足蹈;而且尽管像一些叙述者所说的那样,当时他已经灌满了甜酒[2],但他肯定更富于甜美的生命,也弃绝了所有的困倦。甚至有这样一些人,他们说,当时那头驴子也跳舞了:因为最丑陋的人此前给它酒喝并非徒劳的。这可能是那时的情形,或者也可能是别的情形;不过,如果那个夜晚驴子真的没有跳舞,那么,当时就会发生比一头驴子跳舞更大和更稀奇的事情。质言之,正如查拉图斯特拉

---

[1] '这就是——生命吗?'……] 参看《查拉图斯特拉如是说》第三部,"幻觉与谜团"。——编注
[2] 灌满了甜酒] 参看《新约·使徒行传》,第2章第13行。——编注

的惯用说法所讲的:"这有什么要紧的!"

*

* *

二

当最丑陋的人身上发生了这事的时候,查拉图斯特拉却站在那儿,就像一个醉汉:眼光黯然,口齿不清,双腿发抖。又有谁能猜到查拉图斯特拉心里闪过了什么想法呢?但显然地,他的精神退缩了,逃跑了,到了遥远的地方,就像已经描写过的那样[1],仿佛"处在两海之间的高高山脊上,

——作为沉重的乌云飘浮在过去与未来之间"。而当那些高等人拥抱他时,他渐渐地稍稍回过神来,用手挡住了这些敬重和关心他的人们的拥挤;可他并不说话。但突然间,他飞快地转过头,因为他似乎听到了什么,此时他把手指放在嘴上,说:"来了!"

四周很快就变得安静而隐秘了;而从幽深处传来缓缓的钟声。查拉图斯特拉聆听着,就像那些高等人;但接着,他再一次把手指放到嘴上,又说道:"来了!来了!快到午夜了!"——他的声音已经变了。不过他一直在原位,纹丝不动:于是四周变得愈加安静而隐秘了,一切都在聆听,包括那头驴子,查拉图斯特拉的尊贵动物,即鹰和蛇,同样还有查拉图斯特拉的洞穴,大大的冷月和黑夜本身。而查拉图斯特拉第三次把手放在嘴上,说:

---

1 就像已经描写过的那样]参看《查拉图斯特拉如是说》第三部,"七个印记"。——编注

来了！来了！来了！现在让我们去漫游吧！是时候了：让我们到黑夜中漫游！

*
*　　*

三

你们这些高等人啊，快到午夜了：我要告诉你们一些事，—如那座古老的钟告诉我的那样，——

——如此隐秘，如此恐怖，如此诚挚，就像那座午夜之钟对我所说的，那钟的经历比人更丰富：

——它已经数过你们父辈们痛苦的心跳——啊！啊！那古老的深沉复深沉的午夜，它是怎样在叹息！它是怎样在梦中发笑！

安静！安静！于是可以听到某些在白天不会出声的东西；而现在，在凉凉的空气中，连你们心灵的喧闹之声也全然归于沉寂了，——

——现在它们说话了，现在它们听得见了，现在它们悄悄潜入夜的过于清醒的灵魂之中：啊！啊！它是怎样在叹息！它是怎样在梦中发笑！

——你没有听见它怎样隐秘地、恐怖地、诚挚地对你说话，那古老的深沉复深沉的午夜？

呵，人类，留神啊！

*
*　　*

四

我苦啊!时光去了哪里?我不是落入深井里了吗?世界沉睡着——

啊!啊!狗吠叫,月朗照。我宁愿死去,宁愿死掉,也不想对你们说我午夜的心灵正在想些什么。

现在我已死去。完了。蜘蛛,你在我周围编织什么呢?你想要血吗?啊!啊!露水降落,时辰到了——

——使我寒冷的时辰,它一而再再而三地追问:"对此谁有足够的勇气?

——谁能主宰尘世呢?谁能说:你们大大小小的河流呵,你们该这样流淌?"

——时辰近了:人呵,你们这些高等人,千万当心啊!这话是说给机敏的耳朵听的,是说给你的耳朵听的——幽深的午夜在诉说什么?

*
*　　*

五

我被带向那儿,我的灵魂在舞蹈。每日的工作!每日的工作!谁能主宰尘世呢?

月清冷,风静默。啊!啊!你们飞得足够高了吗?你们在跳舞:可是一条腿并非一个翅膀呀。

你们这些优秀舞者,现在一切欢乐都已过去了,酒已变成渣滓，所有杯子都破碎了，墓穴窃窃私语。

你们飞得不够高：现在墓穴窃窃私语，"解救死者们吧！黑夜为何如此漫长？不是月亮使我们沉醉了吗？"

你们这些高等人啊，打破墓穴，唤醒那些死尸吧！啊，蛆虫在挖掘什么？时辰近了，时辰近了，——

——时钟嗡嗡作响，心灵依然发出格格声，木头里的蛆虫，心灵里的蛆虫，依然在挖掘。啊！啊！世界是深沉的！

*

*　　　　*

六

甜蜜的竖琴！甜蜜的竖琴！我爱你的音调，你那醉人的不吉音调！——多么悠长，多么遥远，你的音调向我传来，远远而来，从爱的池塘而来！

你这古老的钟，你这甜蜜的竖琴！每一种痛苦都撕裂了你的心灵，父辈的痛苦，祖辈的痛苦，祖先的痛苦，你的话语已经成熟了，——

——成熟得有如金色的秋天和午后，有如我的隐者之心——现在你说：世界本身也已经成熟了，葡萄变成褐色了，

——现在它想要死去，因幸福而死去。你们这些高等人，难道你们没有嗅到吗？有一种气息在暗中四溢，

——一种永恒的芳香和气息，一种来自古老幸福的玫瑰般的金色美酒的气息，

——来自沉醉的午夜之死的幸福气息，它吟唱道：世界是深沉的，而且比白天所想的更深沉！

*
*　　　　*

七

让我安静吧！让我安静吧！对你来说，我太过纯洁了。不要碰我！我的世界不是刚刚变得完美了吗？

对你的双手来说，我的皮肤太过纯洁了。让我安静吧，你这愚蠢而沉闷的白昼！难道午夜不是更明亮么？

最纯洁者当成为尘世的主宰，这些最不为人所知、最强大的，这些午夜的灵魂，比任何白昼都更明亮和深沉。

呵，白昼，你在摸索我吗？你在触摸我的幸福吗？在你看来，我是富有的、孤寂的，是一个宝库、一座金库吗？

呵，世界，你想要我吗？难道在你看来，我是世俗的吗？难道在你看来，我是精神性的吗？难道在你看来，我是神性的吗？然则白昼与世界，你们都太粗笨了，——

——有着更机灵的双手，抓住更深沉的幸福，抓住更深沉的不幸，抓住某一个上帝，而不是抓住我：

——我的不幸、我的幸福是深沉的，你这奇怪的白昼啊，但我却不是上帝，不是上帝的地狱：它的痛苦是深沉的。

*
*　　　　*

八

上帝的痛苦是更深沉的,你这奇怪的世界啊!抓住上帝的痛苦,而不是来抓我!我是什么啊!一把沉醉的甜蜜的竖琴,——

一把午夜的竖琴,一座不吉的钟,没有人听得懂,但它不得不对聋子说话,你们这些高等人啊!因为你们弄不懂我!

完了!完了!青春呵!正午呵!下午呵!现在到了黄昏、黑夜和午夜了,——狗在吠叫,风:

——难道风就是一只狗吗?它在哀鸣、狂吠、嗥叫。呵!呵!午夜怎样叹息,怎样发笑,怎样呼噜和喘息!

这沉醉的女诗人啊,她刚刚怎样清醒地说话!也许她过度啜饮了自己的沉醉?她变得过度清醒了么?她在反刍么?

——她在反刍自己的痛苦,在梦中,这古老而深沉的午夜啊,更在反刍自己的快乐。因为尽管痛苦是深沉的,但快乐:快乐比心痛更深沉。

*
* *

九

你这葡萄树啊!你赞美我什么呢?我倒是把你剪断了!我是残暴的,你在流血——:你对我沉醉的残暴的赞美想要什么呢?

"圆满的东西,一切成熟的东西——都想要死去!"你这样说道。祝福吧，祝福葡萄农的剪刀[1]吧！而一切不成熟的东西都想要生活下去：苦啊！

痛苦说："去吧！滚开！你这痛苦！"然则一切受苦的东西都想要生活下去，好使自己变得成熟、快乐和渴望，

——渴望更远、更高、更亮的东西。"我想要后代，"一切受苦者说，"我想要子嗣，我不想要我自己，"——

可是快乐却不想要后代，不想要子嗣，——快乐想要自己，想要永恒，想要轮回，想要一切永远相同。

痛苦说："心灵啊，破碎吧，流血吧！腿啊，流浪吧！翅膀啊，飞翔吧！痛苦啊，前进吧，上升吧！"那好吧！我老迈的心灵呵。痛苦说："消逝吧！"

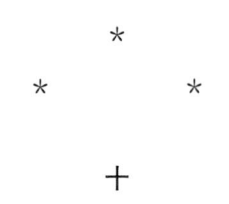

*
*　　*

十

你们这些高等人啊，你们以为怎样呢？我是一个预言家吗？一个梦想家吗？一个醉鬼吗？一个解梦者吗？一座午夜的钟吗？

一滴露水吗？一种永恒的芳香和气息？你们没有听到吗？你们没有闻到吗？我的世界方才变得圆满，午夜也是正午，——

痛苦也是一种快乐，诅咒也是一种祝福，黑夜也是一种阳

---

[1] 葡萄农的剪刀］参看《查拉图斯特拉如是说》第三部，"大渴望"。——编注

酒　神　颂　歌

光,——由此出发吧,抑或你们会了解:智者也就是傻瓜。

你们向来对一种快乐表示肯定吗?呵,我的朋友,那么,你们也就是对一切痛苦表示肯定。万物皆联结、串连、相爱,——

——如若你们总是想要事情一再重现,如若你们向来都说"幸福!刹那!瞬间!你令我喜欢",那么,你们就是想要一切都回来!

——一切皆重新开始,一切皆永恒,一切皆联结,一切皆串连,一切皆相爱,呵,那么你们就是爱这个世界的,——

——你们这些永恒者,你们永远爱这世界,而且对于痛苦你们也说:去吧!但要回来!因为所有快乐都想要——永恒!

*

* *

十一

所有快乐都想要万物的永恒,想要蜂蜜,想要酵母,想要沉醉的午夜,想要坟墓,想要坟墓泪水的慰藉,想要金色的晚霞——

——有什么是快乐不想要的啊!它比一切痛苦更焦渴、更诚挚、更饥饿、更可怕、更隐秘,它想要自身,它咬住自身,圆环的意志在它身上争斗,——

——它想要爱,它想要恨,它过于丰富了,总是有所馈赠、抛弃,乞求人们来接受它,并且感激接受者,它喜欢被人仇恨,——

——快乐是如此丰富,以至于它渴求痛苦、地狱、仇恨、耻辱、残缺、世界，——因为这个世界，呵，你们可是认得的呀！

你们这些高等人呵，它渴望你们，那无羁的、有福的快乐，——渴望着你们的痛苦，你们这些失败者！所有永恒的快乐都渴望失败者！

因为所有快乐都想要自身，故而它也想要心灵的痛苦！幸福呵，痛苦呵！心灵呵，破碎吧！你们这些高等人，可要学会一点：快乐想要永恒，

——快乐想要一切事物的永恒，想要深而又深的永恒！

*
*　　*

十二

现在你们学会我的歌了吗？你们猜得出它想要什么吗？那好吧！来吧！你们这些高等人呵，那就给我唱唱我的轮唱曲吧！

你们亲自来给我唱唱这首歌吧，歌名是《再来一次》，意思是"永恒地"，你们这些高等人呵，来歌唱查拉图斯特拉的轮唱曲！

呵，人类！留神啊！
幽深的午夜在诉说什么？
"我睡着了，我睡着了——，
我从深沉的梦乡中惊醒了：——
世界是深沉的，
而且比白天所想的更深沉。

它的痛苦是深沉的——,
快乐——比心痛更深沉:
痛苦说:消逝吧!
而所有快乐却都想要永恒——,
——想要深而又深的永恒!"[1]

*
*　　*

---

[1] 呵,人类!留神啊!……] 参看《查拉图斯特拉如是说》第三部,"另一支舞曲",第3节。——编注

附录：

酒神是何方神圣，何种势力？[1]

孙周兴

在尼采的思想历程中有两个核心"神物"：一是狄奥尼索斯（Dionysos），二是查拉图斯特拉（Zarathustra）。前者是神话神祇，后者是宗教先知，均具神秘色彩。对于尼采哲学来说，这两个形象具有极重要的标志作用。尼采常拿两者说事，通过两者表达自己的思想，先后成就了《悲剧的诞生》（1872年）和《查拉图斯特拉如是说》（1884年）两部名著。

狄奥尼索斯形象在尼采巴塞尔大学任教时期就已经出现和定型，成为早期著作《悲剧的诞生》的主角和主题，并且贯穿尼采全部思想著述。及至思想生涯的最后一年（1888年），尼采还创作了一组晦

---

[1] 本文系拙著《未来哲学序曲——尼采与后形而上学》第三编第一章，原题为"作为哲学家的狄奥尼索斯"，商务印书馆，2019年，第189—208页。

涩莫名的诗歌《狄奥尼索斯颂歌》(收入科利版《尼采著作全集》第6卷中);而同年所著的自传体著作《瞧,这个人》的结束语竟是:"人们弄懂我了吗?——狄奥尼索斯反对被钉十字架者……"[1]这差不多是尼采的最后之言,他以此给自己的思想下了一个最后结论:狄奥尼索斯contra耶稣基督。

查拉图斯特拉形象稍有不同,是尼采迟至19世纪80年代才公开采用的一个新形象,成为1884年以后晚期尼采哲学的主角。尼采曾多次把查拉图斯特拉称为"我的儿子"(不过有时也称之为"我的父亲"),可见其珍爱的程度了。[2]尼采高度重视《查拉图斯特拉如是说》,该书第一卷完稿的当天,尼采即致信出版商,说它是"一部'诗作',或者第五'福音书',或者某种尚无名字的东西"[3]。后来尼采甚至把该书喻为《圣经》,声称"我的《查拉图斯特拉如是说》将像《圣经》一样被阅读"[4]。最后在《瞧,这个人》中,尼采也总结道:《查拉图斯特拉》是"我给予人类的前所未有的最大馈赠"[5]。

毫不夸张地讲,唯有弄懂了狄奥尼索斯和查拉图斯特拉这两个"神物"形象,我们才可能接近和理解尼采自己的哲学。然而,要弄懂这两个形象又谈何容易?

---

[1] 尼采:《瞧,这个人》,科利版《尼采著作全集》第6卷,第374页。
[2] 尼采说:"对于我的儿子查拉图斯特拉,我要求的是敬畏;而且只有极少数人才得到许可,得以去倾听查拉图斯特拉。"参看尼采:《权力意志》上卷,科利版《尼采著作全集》第12卷,6 [4];参看中译本,孙周兴译,商务印书馆,2007年,第273页。
[3] 尼采:《尼采书信全集》,科利和蒙提那里编,柏林2003年版,第6卷,第327页。
[4] 尼采:《尼采书信全集》,科利和蒙提那里编,柏林2003年版,第8卷,第492页。
[5] 尼采:《瞧,这个人》,科利版《尼采著作全集》第6卷,第259页。

一 尼采与狄奥尼索斯学

尽管尼采自诩为"理解狄奥尼索斯神奇现象的第一人"[1],但在德国思想史上却有一个悠久的有关狄奥尼索斯的思想学术传统,自温克尔曼、哈曼、赫尔德到德国浪漫派,直到谢林后期的《神话哲学》,以及尼采友人巴赫奥芬(Johann Jakob Bachofen)等,差不多形成了一门可以叫"狄奥尼索斯学"的学问。[2]如今,尼采的狄奥尼索斯形象以及相关的讨论,自然也已经成了这门学问的重要成分。

当代学者鲍默(Max L. Bäeumer)在《尼采与狄奥尼索斯传统》一文中,为我们揭示了狄奥尼索斯概念的"史前史"。温克尔曼、哈曼和赫尔德早就发现了"狄奥尼索斯"概念。诗人诺瓦利斯和荷尔德林把狄奥尼索斯与基督教因素结合起来;而诗人海涅和小说家哈默林(Robert Hamerling)则把狄奥尼索斯与基督相对立。德国浪漫派早已动用阿波罗与狄奥尼索斯的对立。克罗伊策(Georg Friedrich Creuzer)和巴赫奥芬有与此相关的巨量研究文献。谢林的《神话哲学》和《天启哲学》已经在"三重狄奥尼索斯"概念的基础上描述古希腊精神的发展。[3]

鲍默描写的大抵是德国传统中的"狄奥尼索斯学"。鲍默认为,尼采之前真正的狄奥尼索斯传统,是由一批古典语文学家完成的浪

---

[1] 尼采:《瞧,这个人》,科利版《尼采著作全集》第6卷,第311页。
[2] 参看鲍默:《尼采与狄奥尼索斯传统》,载奥弗洛赫蒂编:《尼采与古典传统》,田立年译,华东师范大学出版社,2007年,第272页以下。
[3] 参看鲍默:《尼采与狄奥尼索斯传统》,载奥弗洛赫蒂编:《尼采与古典传统》,第274—275页。

酒神是何方神圣,何种势力?

漫主义哲学和神话学,如施莱格尔(Schlegel)、舒伯特(Heinrich Schubert)、格雷斯(Joseph Görres)等,而其中最重要的人物是克罗伊策、谢林和巴赫奥芬。克罗伊策最重要的著作《古代民族特别是希腊人的象征和神话》(1819—1823年)试图把西方神话的象征体系回溯到东方,在尼采之前近60年提出了"阿波罗宗教与狄奥尼索斯宗教的对立"及其在俄耳甫斯秘仪中的融合,1871年,尼采写作《悲剧的诞生》时曾借阅过该书的狄奥尼索斯卷。[1]至于谢林的"狄奥尼索斯学"(Dionysiology)(特别在其《神话哲学》和《天启哲学》等著作中),鲍默的结论是,谢林给出了一个狄奥尼索斯精神的定义:"狄奥尼索斯精神代表诗性天才狂放的、高度兴奋的创造力;阿波罗精神则代表一种反思力量,即狄奥尼索斯精神的否定形式。在艺术的最高成就中,谢林看到了这两种力量的统合。"[2]可以见出,尼采《悲剧的诞生》中对狄奥尼索斯下的定义与谢林的定义基本上是一致的。

最后就是尼采的同事和友人巴赫奥芬了。多面的狄奥尼索斯传统到巴赫奥芬那里结束了。在巴赫奥芬看来,狄奥尼索斯代表了退化的、性欲的和拉平一切的民主原则;而阿波罗则显现为一种纯粹的、精神化的和无性欲的光明原则。这两个原则的合一则代表了生命的整体。[3]巴赫奥芬把狄奥尼索斯从宗教领域扩展到生物学领域。

---

[1] 参看鲍默:《尼采与狄奥尼索斯传统》,载奥弗洛赫蒂编:《尼采与古典传统》,第298页。
[2] 参看鲍默:《尼采与狄奥尼索斯传统》,载奥弗洛赫蒂编:《尼采与古典传统》,第307页。
[3] 参看鲍默:《尼采与狄奥尼索斯传统》,载奥弗洛赫蒂编:《尼采与古典传统》,第310—311页。

在尼采那里，狄奥尼索斯不仅具有美学的意义，同样也拥有一种生物学的意义，而作为女性的一种完全退化，它是迷狂生活的一种浪漫主义理想化。[1]

试问：尼采是第一个发现"狄奥尼索斯现象"的思想家吗？当然不是。在鲍默看来，在这件事上说自己是头一名，这是尼采有意夸大其词，自吹自擂。我们知道，这是尼采的一个毛病，而且尼采是不愿照顾学术史的传承和学术写作的规范的。不过，我们也不得不承认的是，唯有通过尼采，狄奥尼索斯才真正地出了名，成了"欧洲名神"，到如今，甚至也已经成了一个"世界名神"呢。

那么，尼采到底是如何为酒神狄奥尼索斯赋义的？在尼采那里，酒神到底是何方神圣？或者何种势力？

二 艺术二元性：阿波罗与狄奥尼索斯

如前所述，狄奥尼索斯是尼采思想中一个贯穿始终的形象。尼采在《悲剧的诞生》（1872年）开篇提出了"阿波罗与狄奥尼索斯的二元性"；后期代表作《查拉图斯特拉如是说》通篇未提及"狄奥尼索斯"，但实际上，尼采是把书中主角"查拉图斯特拉"视为狄奥尼索斯的代言人了；尼采最后著作《瞧，这个人》（1888年）的末句则端出另一种对立，即"狄奥尼索斯反对被钉十字架者"。虽然形象一贯，但是，对于这个形象的"赋义"，在各个时期却是有区别的。我

---

[1] 参看鲍默：《尼采与狄奥尼索斯传统》，载奥弗洛赫蒂编：《尼采与古典传统》，第311页。

们先来说《悲剧的诞生》中的狄奥尼索斯形象。

狄奥尼索斯何许人也？非人，而是希腊神话中的一个神祇。相传狄奥尼索斯是主神宙斯和塞墨勒之子。母亲塞墨勒被烧死时，狄奥尼索斯还不足月，宙斯把他缝在自己的大腿里等待他正式出生。所以，狄奥尼索斯这个名字有"宙斯的瘸腿"的意思。狄奥尼索斯在森林仙女们那里长大，少年时被指派为狂欢之神，森林之神昔勒尼是他的老师和同伴。据说狄奥尼索斯掌握了自然的所有秘密和酒的历史，到处教人如何种植葡萄，如何酿酒。他四处漫游，无论到哪儿，都狂饮到哪儿。到罗马人那儿，狄奥尼索斯之名成了巴库斯（Bacchus）。

若按出身来说，狄奥尼索斯还算高贵，艺术女神、战争女神雅典娜是他同父异母的姐姐。但在古希腊神话谱系里，狄奥尼索斯却是地位不高，跟她姐没法比攀，因为狄奥尼索斯代表了人对自身肉体的肯定，这个形象总是与酒、性、女人相关，在倡扬心灵和精神的文明社会里，色迷迷的狄奥尼索斯自然难免不受待见，甚至让人讨厌。不过在文明早期，狄奥尼索斯还是大受欢迎和赞美的。在公元前7世纪希腊就有大酒神节。到希腊后期，狄奥尼索斯崇拜被禁止，酒神节也没了。罗马的酒神节后来也被禁止了，继之以阿波罗崇拜。[1]

我们知道，在早期著作《悲剧的诞生》中，尼采通过日神阿

---

[1] 差不多所有的古文明都有自己的酒文化，中西酒文化的异同可为一大课题，中国古代同样也有悠久的诗酒文化；另外，汉代葡萄酿造来自西域（我国在汉代就开始酿造葡萄酒了，司马迁《史记》中首次记载了葡萄酒），可见也与狄奥尼索斯有些关联呢。

波罗和酒神狄奥尼索斯两个神话象征来解说艺术的本质。阿波罗乃是光明之神,它的光辉使万物呈现"美的外观"或"美的假象"(schöner Schein),在希腊,"外观"(εἶδος [爱多斯])即"形式"。与"外观"相应的是"幻觉",它在日常生活中的典型表现就是梦。尼采说,日神阿波罗这个象征指的是"美的假象的无数幻觉"[1]。重"外观/假象"的造型艺术是日神艺术的典范。在尼采看来,在早期艺术世界中,"假象之幻觉"是一种直观性的本能力量,并不是理性的力量。而后来的柏拉图把"外观"(形式)当作理性把握的对象(ἰδέα [相、理念]),就是一种海德格尔所讲的"脱落"(Abfall)了。如果在柏拉图意义上理解尼采的日神,就成一种误解了——但人们通常总是这样来设想的。

另一个象征是酒神狄奥尼索斯。尼采说:酒神状态是"整个情绪系统激动亢奋",是"情绪的总激发和总释放"。[2] 酒神状态是一种痛苦与狂喜交织的颠狂状态,在日常生活中的表现就是醉。音乐是纯粹的酒神艺术。两相比较,如果说日神阿波罗是个体借助于外观/假象的幻觉进行自我肯定的自然冲动,那么,酒神狄奥尼索斯则是一种个体通过自我否定回归存在母体的自然冲动。尼采说:"在我眼里,阿波罗乃是principium individuationis [个体化原理]的具有美化作用的天才,唯有通过这个原理才可能真正地在假象中获得解救;

---

1 尼采:《悲剧的诞生》,科利版《尼采著作全集》第1卷,第155页;参看中译本,孙周兴译,商务印书馆,2012年,第177页。
2 尼采:《偶像的黄昏》,科利版《尼采著作全集》第6卷,第117页。

而另一方面,在狄奥尼索斯的神秘呼声中,这种个体化的魔力被打破了,那条通向存在之母、通向万物最内在核心的道路得以豁然敞开了。"[1]

"阿波罗—狄奥尼索斯"这一对立概念乃是尼采的艺术形而上学及其早期悲剧理论的基础。两者命名的是在自然中起支配作用并且在艺术作品中彰显出来的两种艺术驱动力。日神与酒神关联于叔本华的"现象界"与"自在之物"(意志)的区分,甚至被认为是叔本华所谓"表象"与"意志"的转换概念——在尼采那里即"假象"与"陶醉"之分。

阿波罗形象传达出奥林匹克式的清晰性、形式性、简单性。它表征的是唤起那些形成造型艺术和诗歌的幻象的艺术冲动。"阿波罗元素"代表了区分、构造、思想、清醒、确定、明亮、限制。它在史诗和绘画中得到了表达。与之相对,狄奥尼索斯则代表充溢的生命,代表无形式感。"狄奥尼索斯的"意味着:连续的、流动的、感受的、陶醉的、不确定的、幽暗的、无限的。它尤其在音乐中得到表达。

尼采从古希腊文学中举出两位诗人,即史诗诗人荷马与抒情诗人阿尔基洛科斯,来解说阿波罗和狄奥尼索斯这两种艺术元素各自代表的艺术样式。荷马是阿波罗式的朴素艺术家的典范;而阿尔基洛科斯则是抒情诗的鼻祖。历史上,人们往往把荷马称为"客观艺

---

[1] 尼采:《悲剧的诞生》,科利版《尼采著作全集》第1卷,第103页;参看中译本,第115—116页。

术家",而把阿尔基洛科斯叫作"主观艺术家"。尼采认为这是大错特错的,是现代美学的谬见。抒情诗人固然也有"自我",但尼采说,那是从"存在之深渊"中发出的声音,而现代美学所讲的抒情诗人的"主观性"则是一种虚构。尼采写道:

> 当希腊第一个抒情诗人阿尔基洛科斯对吕坎伯斯的女儿们表明自己疯狂的爱恋,而同时又表明自己的蔑视时,在我们面前放纵而陶醉地跳舞的并不是他自己的激情:我们看到的是狄奥尼索斯及其女祭司,我们看到的是酩酊的狂热者阿尔基洛科斯醉入梦乡……而现在,阿波罗向他走来,用月桂枝触摸着他。于是,这位中了狄奥尼索斯音乐魔法的沉睡诗人,仿佛周身迸发出形象的火花,那就是抒情诗,其最高的发展形态叫作悲剧与戏剧酒神颂歌。[1]

尼采这里提到的诗人故事其实是一个传说:相传诗人阿尔基洛科斯爱上了吕坎伯斯的女儿,但这位吕坎伯斯却不允许两人结合,这位诗人就作诗大加讽刺,致使父女两人都羞愤自杀了。这个传说也许寄托了希腊人对艺术(诗歌)之伟力的期待和要求,并不说明更多的东西——当然吟诗能把人弄死,也算本事!但在上述引文中重要的一点是,尼采把抒情诗人阿尔基洛科斯视为"中了狄奥尼索斯音乐魔法的沉睡诗人",同时把抒情诗视为悲剧与戏剧酒神颂歌的

---

[1] 尼采:《悲剧的诞生》,科利版《尼采著作全集》第1卷,第44页;参看中译本,第44页。

酒神是何方神圣,何种势力?

先声。

在进一步的解说中,尼采还是在"阿波罗与狄奥尼索斯"的二元性框架中来揭示他所谓"抒情诗的天才"的特性。尼采认为,造梦的雕塑家和史诗诗人沉湎于形象的纯粹观照,而狄奥尼索斯式的音乐家则全然不同,后者是无需任何形象的,"完全只是原始痛苦本身及其原始的回响"。抒情诗人只以自己为形象,就此而言也是道说"自我"的,但这个"自我"并非主观自我,而是唯一的依据于万物之根基的自我,"抒情诗的天才就是通过这种自我的映像而洞察到万物的那个根基的"[1]。

如前所述,阿波罗艺术与狄奥尼索斯艺术各有倾向,前者偏于造型和形式,后者偏于迷狂。两者在尼采看来都未臻最佳艺术境界——造型艺术和音乐都不是最好的艺术形式。尼采认为,艺术的真正本质是对迷狂和形式冲动的"驯服"或"控制"。所谓"迷狂"即是酒神状态,而所谓"形式冲动"即是日神状态。尼采之所以把悲剧奉为希腊艺术的典范,是因为在他看来,悲剧艺术最好地控制了迷狂和形式冲动。希腊悲剧的本质是酒神狄奥尼索斯与日神阿波罗(迷狂与形式)之二元性的结合。尼采说:"我们就必须把希腊悲剧理解为总是一再地在一个阿波罗形象世界里爆发出来的狄奥尼索斯合唱歌队。"[2]

---

[1] 尼采:《悲剧的诞生》,科利版《尼采著作全集》第1卷,第44—45页;参看中译本,第45页。

[2] 尼采:《悲剧的诞生》,科利版《尼采著作全集》第1卷,第62页;参看中译本,第65页。

悲剧艺术的本质是酒神与日神的二元统一，亦即"迷狂"（陶醉、否定）与"形式"（梦幻、肯定）的二重性的合一。尼采这种看法本身具有某种"中庸"和"中道"的性质，可以说采取了一种公正持中的姿态。这样一种态度，与我们通常所传说的偏执极端的狂人尼采形象是有一定距离的。

尼采晚期解释自己为何要关注阿波罗与狄奥尼索斯的对立（二元统一），把它当作"希腊本质"的一大谜团，其根本动机在于要猜解："为什么希腊的阿波罗主义恰恰一定是在狄奥尼索斯的土壤里成长起来的，为什么狄奥尼索斯式的希腊人必须成为阿波罗式的，也就是说，为什么希腊人必须打破他们追求巨大、繁复、不确定和恐怖的意志，而代之以一种追求尺度、简单、规则和概念序列的意志。"[1]

这已经是19世纪80年代后期的声音了，但峰回路转，尼采似乎又回到了原点上。

三 狄奥尼索斯反对苏格拉底

在对希腊悲剧的理解中，尼采给出了一个阿波罗与狄奥尼索斯二元中和，甚至可以说折中的方案，但若要尼采在阿波罗与狄奥尼索斯之间"站队"，相信他一定会站在狄奥尼索斯一边。尼采无疑属狄奥尼索斯一派。不光如此。《悲剧的诞生》之后，狄奥尼索斯

---

[1] 尼采：《权力意志》下卷，科利版《尼采著作全集》第13卷，14［14］；参看中译本，孙周兴译，商务印书馆，2007年，第942页。

不再仅仅是阿波罗的对立面，也不再只是苏格拉底的对立面，而且是"被钉十字架者"即耶稣基督的对立面了。作为肯定生命的原则，狄奥尼索斯几成哲学家尼采本人——尤其在晚期，尼采常常自称为"狄奥尼索斯"。

在《解读尼采》一书的"尼采文摘"部分，法国哲学家德勒兹以"哲学家狄奥尼索斯"为名，辑录了尼采著作中与狄奥尼索斯形象相关的内容，分为以下几重关系：

1. 狄奥尼索斯与阿波罗：他们的和解（悲剧性）。《悲剧的诞生》第1、8节。

2. 狄奥尼索斯与苏格拉底：他们的对立（辩证法）。《悲剧的诞生》第13、14节。

3. 狄奥尼索斯与基督：两者的矛盾（宗教）。《权力意志》第464节。

4. 狄奥尼索斯与阿里阿德涅：他们的互补性（酒神颂）。《狄奥尼索斯颂歌·阿里阿德涅的悲叹》《查拉图斯特拉如是说》第四部"魔术师"的修订版。

5. 狄奥尼索斯与查拉图斯特拉：他们的血缘关系（考验）。《查拉图斯特拉如是说》第二部"最寂静的时刻"。[1]

德勒兹上列五点准确地表达了狄奥尼索斯论题的可能的关联域。

---

[1] 德勒兹：《解读尼采》，张唤民译，百花文艺出版社，2000年，第103—119页。德勒兹的书虽小，但多有高明的洞见，可惜中译本不够准确。

在讨论了狄奥尼索斯与阿波罗的二元关系之后，我们这里重点要关注的是其中的两重对立：其一，狄奥尼索斯与苏格拉底；其二，狄奥尼索斯与耶稣基督。

我们先要来说说"狄奥尼索斯与苏格拉底"。[1]如果说阿波罗与狄奥尼索斯的二元性是尼采在《悲剧的诞生》前半部分中建立起来的审美原则，那么，到该书的中间部分，这种二元性就已经让位给"狄奥尼索斯与苏格拉底"了。而且正如德勒兹所言，自《悲剧的诞生》以来，关于狄奥尼索斯的定义与其说是依据狄奥尼索斯与阿波罗的"同盟"，还不如说是依据狄奥尼索斯与苏格拉底的对立。[2]

真正说来，在《悲剧的诞生》中，在尼采的艺术理想中，狄奥尼索斯与阿波罗并不构成"对立"，而是二元的交合、交融。真正构成对立的，是狄奥尼索斯与苏格拉底，因为，狄奥尼索斯是由悲剧艺术所确立的肯定生命的原则，而苏格拉底则是希腊悲剧艺术的真正杀手，故两者是势不两立的。

苏格拉底被尼采称为"科学乐观主义"或"理论乐观主义"的原型，头一个"理论人"，也被尼采称为"科学的秘教启示者"（Mystagoge）。在尼采看来，苏格拉底不只是一个古希腊哲学家而已，而更是欧洲—西方的哲学科学传统的开创者，是欧洲知识理想的奠基人，是一种如今已经全球化的普遍求知欲的启示者：

---

[1] 可详见孙周兴：《未来哲学序曲——尼采与后形而上学》，第一编第三章，商务印书馆，2019年。
[2] 德勒兹：《解读尼采》，第54页。

谁一旦弄清楚，在苏格拉底这位科学的秘教启示者之后，各种哲学流派如何接踵而来，像波浪奔腾一般不断更替，一种料想不到的普遍求知欲如何在教养世界的最广大领域里，并且作为所有才智高超者的真正任务，把科学引向汪洋大海，从此再也未能完全被驱除了，而由于这种普遍的求知欲，一张共同的思想之网如何笼罩了整个地球，甚至于带着对整个太阳系规律的展望；谁如果想起了这一切，连同惊人地崇高的当代知识金字塔，那么，他就不得不把苏格拉底看作所谓的世界历史的一个转折点和漩涡。[1]

把苏格拉底看作"世界历史的一个转折点和漩涡"，赋予苏格拉底以"世界历史"的意义，这是尼采的高明和远见。显然，尼采是在哲学形而上学意义上了解和规定苏格拉底主义的，把它视为柏拉图主义（本质主义）形而上学传统的起点和标识。这种形而上学传统作为欧洲文化的主流，在近代以来扩展到全球，成为全球人类生活的基本方式。就此而言，尼采所谓的苏格拉底主义就是柏拉图主义。

在其思想生涯的最后一年（1888年），尼采似乎特别缅怀早年的《悲剧的诞生》，在笔记中对狄奥尼索斯与苏格拉底的关系多有重思。在1888年春天的一则笔记中，尼采重提"苏格拉底问题"，他写道："苏格拉底问题。智慧、清醒、冷酷和逻辑性作为武器来反对欲望的野性。欲望必定是危险的和岌岌可危的，否则的话，把智慧培养到

---

[1] 尼采：《悲剧的诞生》，科利版《尼采著作全集》第1卷，第99—100页；参看中译本，第111页。

这种专横统治地位也就毫无意义了。使智慧变成一个暴君：但为此，欲望也必须成为暴君。此即问题所在。——这在当时是十分合乎时代的。理性＝德性＝幸福。"[1]

"理性＝德性＝幸福"——对于苏格拉底主义这个本质的揭示，尼采在《悲剧的诞生》中已经完成了。

四 狄奥尼索斯反耶稣基督

以酒神狄奥尼索斯反对苏格拉底—柏拉图主义（或者"科学乐观主义"），这是尼采在《悲剧的诞生》时期的基本思想格局。自那以后，尼采对于艺术、审美、哲学、文化的考量均发生了变化，但他从未放弃过"狄奥尼索斯"概念。只不过，尼采对自己的"狄奥尼索斯"概念做了重要的修正，或者更准确地说，是对之做了一种扩展。特别是与瓦格纳决裂之后，尼采在一定程度上放弃了他早期的艺术形而上学理想（通过艺术获得解放的瓦格纳式理想），同时也对狄奥尼索斯概念做了重新规定、重新赋义。狄奥尼索斯不再仅仅作为审美原则与阿波罗构成二元关系，不再仅仅与苏格拉底相对立，更与基督教构成一种对立关系。说到底，作为肯定生命的原则，狄奥尼索斯成了一切否定生命的原则的对立面。

在《悲剧的诞生》中，尼采几乎没有直接讨论基督教和基督教文化，这不免让人奇怪，虽然尼采在该书中构造的是一种艺术形而

---

[1] 尼采：《权力意志》下卷，科利版《尼采著作全集》第13卷，14［92］；参看中译本，第996页。

酒神是何方神圣，何种势力？

上学，反对的是一种苏格拉底主义的理论文化，但他毕竟处身于基督教世界里。后来，尼采在回顾《悲剧的诞生》时解说道，这本书"对于基督教保持了一种深深的、敌意的沉默"。基督教否定一切审美的价值，它既不是阿波罗的，也不是狄奥尼索斯的。"基督教在最深刻的意义上是虚无主义的，而狄奥尼索斯象征却达到了肯定的极端界限。"[1]

何谓狄奥尼索斯呢？尼采直言，所谓"狄奥尼索斯"意思就是："肯定生命本身，哪怕是处于最疏异和最艰难的难题中的生命；生命意志在其最高类型的牺牲中欢欣于自己的不可穷尽性。"尼采说，此乃通向悲剧心理学的桥梁。悲剧并不是像亚里士多德所设想的那样，是为了通过Catharsis（宣泄、净化、陶冶）来排除那些危险的不良情绪，而是"为了超越恐惧和同情，成为生成（Werden）本身的永恒快乐——这种快乐于自身中也包含着毁灭的快乐……"[2]坊间盛传鲁迅先生的名言："悲剧就是将美好的东西毁灭给人看。"其实鲁迅的原话是："不过在戏台上罢了，悲剧将人生的有价值的东西毁灭给人看，喜剧将那无价值的撕破给人看。"[3]但无论如何，鲁迅先生的意思恐怕也是尼采式的：通过毁灭获得生命的肯定，此即"毁灭的快乐"，对消逝和毁灭的肯定。

尼采认为，在他之前还没有人具有这种"悲剧智慧"，借以把狄

1　尼采：《瞧，这个人》，科利版《尼采著作全集》第6卷，第310页。
2　尼采：《偶像的黄昏》，科利版《尼采著作全集》第6卷，第160页。
3　鲁迅：《再论雷锋塔的倒掉》，载《鲁迅全集》第1卷，人民文学出版社，1981年，第192—193页。

奥尼索斯精神转变为一种"哲学的激情"。思想史上唯一让尼采觉得可引为同道的，是前苏格拉底的思想家赫拉克利特。因为在赫拉克利特那里，"对消逝和毁灭的肯定，一种狄奥尼索斯哲学中决定性的东西，对对立和战争的肯定，生成，甚至于对'存在'（Sein）概念的彻底拒绝"，凡此种种是与尼采十分接近的。[1]

后期尼采明确地把"狄奥尼索斯"概念界定为："对生命的宗教肯定，对完整的、未被否定、未被二分的生命的宗教肯定。"[2]在此上下文中，尼采指出这种对生命的肯定的典型例子是性行为，因为性行为能够唤起深度、神秘、敬畏感之类。尼采进而提出一个对照，即"狄奥尼索斯反对被钉十字架的上帝"。这个对照在于，"十字架上的上帝"是"对生命的诅咒，是一种暗示，要人们解脱生命"；而相反地，"受到肢解的狄奥尼索斯则是生命的福兆：生命将永远再生，从毁灭中返乡"[3]。尼采并且把所谓"悲剧的人"与"基督教的人"对立起来。"悲剧的人仍然肯定极难忍受的苦难：他强大、丰盈、具有神化能力，足以承受此种苦难/基督教的人甚至否定尘世间最有福的命运：他羸弱、赤贫、一无所有，不足以承受任何生命的苦难……"[4]

---

1 尼采：《瞧，这个人》，科利版《尼采著作全集》第6卷，第312—313页。
2 尼采：《权力意志》下卷，科利版《尼采著作全集》第13卷，14［89］；参看中译本，第992页。
3 尼采：《权力意志》下卷，科利版《尼采著作全集》第13卷，14［89］；参看中译本，第993页。
4 尼采：《权力意志》下卷，科利版《尼采著作全集》第13卷，14［89］；参看中译本，第993页。

在别处，尼采进一步解说了这种"对立"："我首先看到了真正的对立：——一方面是以隐秘的复仇欲来反对生命的蜕化本能（——基督教、叔本华哲学，某种意义上甚至柏拉图哲学，全部唯心主义，都是其典型的形式）；另一方面，则是一个出于丰盈、充裕的最高肯定公式，一种毫无保留的肯定，对痛苦本身的肯定，对罪责本身的肯定，对人生此在本身当中一切可疑之物和疏异之物的肯定……"[1]这种对立阵势极为显赫：传统哲学和宗教都不外乎是否定生命的"颓废本能"；而狄奥尼索斯的酒神精神则是对生命的完全肯定，通过肯定痛苦、肯定毁灭来肯定生命。尼采为何要呼唤酒神精神？是为了抵抗传统柏拉图主义的理性主义传统对个体非理性本能和生命的伤害和扼杀。

有论者指出，尼采后期的狄奥尼索斯概念并不在于界限的消解，而在于对界限的不断跨越。[2]以此概念，尼采不断地试验拓展自己哲学的视野，甚至把狄奥尼索斯状态名为哲学的最高境界。尼采说：我的哲学"就是要达到一种对如其所是的世界的狄奥尼索斯式的肯定，不打折扣，没有特例和选择——它意愿永恒的循环，——同一个事物，同一种关于节点的逻辑和非逻辑（Logik und Unlogik der Knoten）。一个哲学家所能达到的最高状态：对此在的狄奥尼索斯式态度——：对此，我的公式就是 amor fati［命运之爱］……"[3]为

---

1 尼采：《瞧，这个人》，科利版《尼采著作全集》第6卷，第311页。
2 亨宁·奥特曼编：《尼采手册》，斯图加特2011年版，第188页。
3 尼采：《权力意志》下卷，科利版《尼采著作全集》第13卷，第492页；参看中译本，第580页。

此，尼采认为他要做的事情有二：肯定人生此在以往被否定的方面，重估人生此在以往一直被肯定的方面；期望一种超越善恶的更高等、更强壮的人的种类。

这个更高等、更强壮的人的种类就是尼采所讲的"超人"。德勒兹指出，超人指的是所有能够被肯定的东西的集合体，指存在者的最高形式。[1]但所谓超人并非人的产物，而是狄奥尼索斯与他女友阿里阿德涅的成果。在《狄奥尼索斯颂歌·阿里阿德涅的哀怨》中，狄奥尼索斯对阿里阿德涅说：

> 放聪明些啊，阿里阿德涅！……
> 你有一对小耳朵，你有了我的耳朵：
> 放一句聪明的话进去罢！——
> 如果人们要相爱，不是必须先相恨吗？……
> 我是你的迷宫……[2]

五 作为肯定原则的狄奥尼索斯精神

尼采运思20年，其思想元素和风格变动不居，但狄奥尼索斯形象是尼采毕生持有的标志性形象。狄奥尼索斯精神是尼采思想中最

---

1 德勒兹：《解读尼采》，第65页。
2 尼采：《狄奥尼索斯颂歌》，科利版《尼采著作全集》第6卷，第401页。

酒神是何方神圣，何种势力？

恒定的因素，可以说是尼采思想的基本驱动力。尼采最后道出的"狄奥尼索斯反对被钉十字架的上帝"则可以被视为其思想的基本标识。然而，正如德勒兹所揭示的那样，在尼采那里，狄奥尼索斯精神处于多重关联之中，牵动着尼采哲学的整体。

德勒兹切中了尼采哲学中的一个核心问题，即"肯定"。狄奥尼索斯乃是一个肯定生命的原则。但这种"肯定"是如何进行的呢？德勒兹认为，尼采的价值转换的形象是这样来完成的：1.狄奥尼索斯或肯定；2.狄奥尼索斯——阿里阿德涅或双重肯定；3.永恒轮回或加倍的肯定；4.超人或肯定类型。[1]德勒兹在此虽然语焉不详，但已经为我们暗示了"肯定"问题在尼采思想中的高度复杂性和重要性：狄奥尼索斯的肯定原则最后落实于"相同者的永恒轮回"（尼采名之为"最高的肯定公式"）和"超人"（尼采视之为权力意志的最高形态），从而可以被看作尼采后期哲学构造的基本原则。

在《查拉图斯特拉如是说》第一部第一节中，尼采也讲到"神圣的肯定"。这一节讲的是精神的"三种变形"。这一节文字不算太难，但寓意深远，解释起来十分不易。尼采一开始就说："我要向你们指出精神的三种变形：精神如何变成骆驼，骆驼如何变成狮子，狮子如何最后变成小孩。"[2]对于"骆驼—狮子—小孩"这样的"精神三变"，人们通常提出的解释有如下几种：1.人生三境界：传承、自主、回归；2.精神三阶段：理性、意志、情感；3.三一说：圣父、圣

---

[1] 德勒兹：《解读尼采》，第66页。
[2] 尼采：《查拉图斯特拉如是说》，科利版《尼采著作全集》第4卷，第29页；参看中译本，孙周兴译，上海人民出版社，2009年，第22页。

子、圣灵；4.黑格尔式三段论：正、反、合。

我们不能说上面这些都是胡乱解释，相反，它们听起来都是蛮有道理的。我们或许只能说，这些说法多半是"不错而又不够"的解释。尼采讲的"精神三变"的故事大致可以简化为：骆驼——断念而敬畏的"负重的精神"——赶向沙漠，在最孤寂的沙漠中间成了狮子，狮子以"我要/我意愿"战胜了巨龙的"你应当"，由此为自己争得了"新创造"的自由，但狮子本身还不能进行新的创造，所以，还必须在第三次转变中变成小孩，因为"为着创造的游戏，需要有一种神圣的肯定"。这里表现出来的三步是：骆驼—狮子—小孩——你应—我要—我是——负重—怀疑—创造。这些都不算难解，难的是，骆驼—狮子—小孩究竟象征着什么？

我认为，尼采《查拉图斯特拉如是说》开篇一节之所以重要，是因为它以三个形象骆驼、狮子、小孩象征着他后期哲学的三大核心命题，即：虚无主义、权力意志和相同者的永恒轮回。首先是骆驼，代表的是传统道德形而上学的重负，是"你应当"这条巨龙，因此它指向虚无主义命题；其次是狮子，代表一种破坏精神，说的是"我意愿、我要"，它通过"神圣的否定"为自己创造自由，或者说为自己取得创造新价值的权利，因此指向"权力意志"命题；最后是小孩，尼采说，"小孩是无辜和遗忘，一个新开端，一种游戏，一个自转的轮子，一种原初的运动，一种神圣的肯定""为着创造的游戏，需要有一种神圣的肯定"。[1]这种"神圣的肯定"显然指向尼采

---

[1] 尼采：《查拉图斯特拉如是说》，科利版《尼采著作全集》第4卷，第31页；参看中译本，第24页。

的"相同者的永恒轮回"说,因为如尼采所言,"永恒轮回"乃最高的肯定公式。

正是在此意义上,尼采才会说:"我,哲学家狄奥尼索斯的最后门徒,——我,永恒轮回的教师……"[1]

---

1 尼采:《偶像的黄昏》,科利版《尼采著作全集》第6卷,第160页。

编译后记：

关于尼采的《酒神颂歌》

读者眼前的这本小册子《酒神颂歌》由三个部分（三编）组成：1.第一编《狄奥尼索斯—酒神颂歌》，德语原文为Dionysos-Dithyramben，或可简译为《狄奥尼索斯颂歌》，是晚期尼采的一组诗，共9首，全文辑自《尼采著作全集》第6卷；2.第二编《狄奥尼索斯—酒神颂歌残篇》，共161个短章（短诗），全文辑自《尼采著作全集》第13卷；3.第三编《尼采—酒神颂歌选辑》是尼采《查拉图斯特拉如是说》的11篇诗文，节选自《尼采著作全集》第4卷。

1888年夏天至1888年底，尼采新创作了5首诗作：《太阳西沉了》《在猛禽之间》《最富有者的贫困》《荣耀与永恒》《火的信号》，此间又抄录了作于1883年的《最后的意志》，加起来共有6首。1888年11月，尼采想让人出版这6首诗作，书名却定为《查拉图斯特拉之歌》。但此后，尼采不断改变自己的想法。在1888年底至1889年1月2日之间，也就是在他精神崩溃前夕，尼采完成了一份付印稿（编号

D 24），上面第一页上出现了《狄奥尼索斯—酒神颂歌》这个书名[1]，在最后一页上则有他亲自编的一个目录，列出9首诗歌，即6首"查拉图斯特拉之歌"和3首"酒神颂歌"。这3首"酒神颂歌"并不是新作，而是摘自《查拉图斯特拉如是说》第四部的三首诗（略有改动），即《只是傻子！只是诗人！》（原题为《忧郁之歌》）、《在荒漠女儿们中间》、《阿里阿德涅的哀怨》（原题为《哀怨》）。

编完这本诗集，尼采就疯掉了。一般人们认为《瞧，这个人》是尼采的最后作品，现在看来，尼采最后想出的书是这本《狄奥尼索斯—酒神颂歌》。而显然，尼采想出而未出的这两本书——"遗著"——是紧密相关的，甚至是一体的。

本书第二编《狄奥尼索斯—酒神颂歌残篇》是尼采作于1888年夏天的笔记（相应手稿编号W II 10a）。该笔记的诗歌残篇可以部分地被理解为《狄奥尼索斯—酒神颂歌》的准备。1888年夏天，尼采把查拉图斯特拉时期（1882—1884年）尚未利用的诗歌残篇（可参看科利版《尼采著作全集》第10—11卷）汇集到这个笔记本上。此外，该笔记本还包含对新撰的几首"酒神颂歌"的直接准备。该笔记也早就由本书编译者译成中文了。[2]

就所谓"酒神颂歌"（Dithyrambus）而言，尼采录入本书中的3首均来自《查拉图斯特拉如是说》，因此本书又是与《查拉图斯特拉

---

[1] 这个书名当然可以简译为《狄奥尼索斯颂歌》或者《酒神颂歌》。

[2] 参看尼采：《1887—1889年遗稿》，科利版《尼采著作全集》第13卷，孙周兴译，商务印书馆，2010年，第649—689页，编号20［1］—20［161］。

如是说》紧密相关的。那么,《查拉图斯特拉如是说》是一部"酒神颂歌"吗?在《瞧,这个人》中,尼采在概述自己的风格技巧时曾经说过:"用符号,也包括符号的节奏,来传达一种状态,一种激情的内在紧张——此乃任何风格的意义。"[1]查拉图斯特拉这样一个形象需要何种语言呢?尼采说:需要酒神颂歌的语言,并且颇为自得地声称"我是酒神颂歌的发明者"。[2]此所谓"酒神颂歌"又是何种语言,何种声音?仿佛是作为"酒神颂歌"的例证,尼采在此引用了《查拉图斯特拉如是说》第二部的"夜歌"一节。

本书第三编"尼采—酒神颂歌选辑"(Nietzsche-Dithyramben)从《查拉图斯特拉如是说》中辑选了包括上述"夜歌"在内的11篇诗文,均为具有"酒神颂歌"性质的作品,是该书中最富有诗性和诗意的篇章——这当然属于编译者的个人判断。在编译者看来,尼采的这11篇诗文实在还要比他的诗歌(第一编《狄奥尼索斯—酒神颂歌》以及其他诗作)更具诗意,更能让我们用来验证尼采是不是"酒神颂歌的发明者"。

所谓"酒神颂歌"原是公元前7世纪古希腊人祭祀酒神狄奥尼索斯时所颂唱的即兴曲。至公元前6世纪,"酒神颂歌"发展成为由50名男子组成的合唱歌队,以抒情合唱诗为主,进而演变为希腊悲剧。"酒神颂歌"既为"酒神"而设,热情奔放、甚至于狂热激越本是题中之义。我们看到,尼采以颂扬酒神精神的《悲剧的诞生》开始其

---

[1] 尼采:《瞧,这个人》,科利版《尼采著作全集》第6卷,第304页。
[2] 参看尼采:《瞧,这个人》,科利版《尼采著作全集》第6卷,第345页。

思想道路，最后竟以《狄奥尼索斯颂歌》（或《狄奥尼索斯——酒神颂歌》）来为自己的思想生涯做总结，终致疯狂，委实耐人寻味。

诗不可译。尼采诗更不好译。我们的译文力求呈现原作风貌，但欠缺和未及之处应不在少数，敬请方家指正。

2014年2月26日晚定稿于杭州水岸山居
2019年8月8日补记于长春

图书在版编目（CIP）数据

酒神颂歌/（德）弗里德里希·尼采著；孙周兴编译.—北京：商务印书馆，2020
ISBN 978－7－100－18992－7

Ⅰ.①酒…　Ⅱ.①弗…②孙…　Ⅲ.①诗集—德国—近代②散文集—德国—现代　Ⅳ.①I516.24②I561.65

中国版本图书馆 CIP 数据核字（2020）第164911号

权利保留，侵权必究。

酒 神 颂 歌

〔德〕弗里德里希·尼采　著
孙周兴　编译

商 务 印 书 馆 出 版
（北京王府井大街36号　邮政编码 100710）
商 务 印 书 馆 发 行
苏州市越洋印刷有限公司印刷
ISBN 978－7－100－18992－7

2020年10月第1版　　开本 850×1168　1/32
2020年10月第1次印刷　　印张 6¼
定价：38.00元